W0352962

PLAIDOYER POUR UN POPULISME

Du même auteur
traduit du néerlandais en français

Le Fléau
(*De Plaag. Het stille knagen van schrijvers, termieten en Zuid-Afrika*),
trad. de Pierre-Marie Finkelstein, Arles, France, Actes Sud, coll. « Lettres néerlandaises », 2008.

Mission
(*Missie & Die siel van die Mier*),
suivi de *L'Âme des termites*, trad. de Monique Nagielkopf, Actes Sud, coll. « Papiers », 2011.

Dans le maïs
(*In de maïs)*,
trad. de Monique Nagielkopf, Arles, France, Actes Sud, coll. « Papiers », 2012.

Congo, une histoire
(*Congo. Een geschiedenis*),
trad. d'Isabelle Rosselin, Arles, Actes Sud, 2012.

Contre les élections
(*Tegen verkiezingen*),
trad. de Isabelle Rosselin & Philippe Noble, Arles, Actes Sud, coll. « Babel / essai », 2014.

La Paix, comment l'apprendre ?
(avec Thomas d'Ansembourg), trad. de Isabelle Rosselin, Arles, Actes Sud, coll. « Le Domaine du possible », 2016.

Zinc
(*Zink*),
trad. de Philippe Noble, Arles, Actes Sud, 2016.

David Van Reybrouck

Plaidoyer pour un Populisme

Essai traduit du néerlandais par
Monique Borrenbergs *et* Alain Préaux

EDITION SAMSA s.p.r.l.

http//www.samsa.be

ISBN 978-2-87593-238-9

Rue Alphonse De Witte 44
B-1050 Bruxelles

Imprimé en Belgique
D/2019/13.163/08

Édition originale :
David Van Reybrouck, *Pleidooi voor populisme,* De Bezige Bij, Amsterdam

En couverture : Steve Kaspar, *Acryl/Papier* (détail, 1986)

Regarde ! Mais regarde donc !

Nous étions penchés à la fenêtre d'un appartement de vacances, situé à Middelkerke, l'une de ces nombreuses stations balnéaires bousillées savamment, qui bordent le littoral belge. Notre flat donnait sur la mer encore immaculée. Cependant, ce qui attirait notre attention en cette journée torride, ce n'étaient nullement les vagues attrayantes mais plutôt les vacanciers en bas de chez nous. Nous les observions alors qu'ils flânaient sur la digue, le *boulevard,* comme on le nomme avec *chic* aux Pays-Bas, même si nous ne distinguions là que très peu de *chic*. Quelle triste procession ! Des cinquantenaires au bide monstrueux, qui sirotaient un cornet dégoulinant de glace à la pistache. Par ailleurs, des femmes aux cheveux manifestement blanchis à l'eau oxygénée ; d'en haut, nous apercevions les sillons noirs parcourant leur crâne. Et des enfants pas moins obèses que les crocodiles gonflables qu'ils traînaient derrière eux en hurlant. Des hommes en bermuda qu'ils feraient mieux de ne plus porter depuis longtemps déjà. Des tatouages, des tangas, de gros seins siliconés. Des frites à la sauce de carbonades, en plein été ! Middelkerke était devenue le Petit-Blankenberge, la variante belge de Zandvoort ou de Blackpool.

« Mon Dieu, quelle bande de couillons ! », soupira l'un d'entre nous.

Le peuple testiculaire !, plaisanta un autre.

Nous étions des jeunes trentenaires. Nous avions tous fréquenté l'université. Certains même jusqu'au doctorat ! Nous avions voyagé et vu beaucoup de choses. Nous, nous étions des cosmopolites, tout simplement. Nous, nous n'étions pas de ceux qui plaisantent sur les allochtones, mais c'est avec un réel plaisir que nous nous esclaffions devant cette procession des provinciaux, et nous nous amusions énormément en pointant du doigt tel exemplaire encore plus réussi de l'*Homo marginalis,* comme le « Collectif comique des Effets secondaires » a appelé cette peuplade. Nous les regardions de haut, au propre comme au figuré. Mais nous n'y trouvions rien à redire. C'était la famille Flodder en direct. À mourir de rire.

POPULISME ET DÉMOCRATIE

1

Le populisme est un des termes préférés en politique moderne, du moins en tant que cadeau diplomatique. La prodigalité avec laquelle les hommes politiques et les commentateurs colportent ce concept surpasse celle avec laquelle on distribuait les barres de chocolat à la Libération. Si l'on observe encore une certaine circonspection envers des mots tels que « démocratie » et « bonne gouvernance », quand il s'agit de « populisme », on ne connaît vraiment plus aucun frein.

Aux Pays-Bas, on n'hésite pas à qualifier tel ou tel politicien de populiste. Le fait que Geert Wilders, Rita Verdonk et Pim Fortuyn soient les premiers de la liste à partager cet honneur n'étonnera personne. Mais depuis peu, on se demande aussi si c'est Boer

Koekoek ou alors l'ex-premier ministre Dries van Agt qui fut le premier populiste du pays[1]. Des populistes, il n'en manque pas. Même le présentateur TV Willem Duys et le politicien DJ Henk Westbroek en seraient, oui, on va jusqu'à citer Geert Mak[2]. En Belgique, on est – s'il se peut – encore plus prompt à utiliser cette qualification. Outre les *usual suspects*, Filip Dewinter et Jean-Marie Dedecker, un tas d'autres peuvent, depuis peu se féliciter de leur tout nouveau statut : Elio Di Rupo, le leader socialiste wallon ; Étienne Schouppe, l'ancien président de parti de la démocratie chrétienne flamande ; Karel De Gucht, le ministre libéral des Affaires étrangères ; Mieke Vogels, la figure de proue des Verts. Mais cela vaut aussi pour les syndicats ; pour Gaïa, l'organisation de protection et des droits des animaux, pour le président du Club de Bruges et pour un conseiller communal instable de la commune de Moerbeke-Waas : tous des populistes ![3]

Une chose est sûre : en très peu de temps, le populisme est devenu un concept-clé dans la terminologie politique moderne. Il est si pratique qu'il s'infiltre dans la culture au sens large. Dans la presse flamande, on a pu lire durant l'hiver 2008 que « le style de Céline dans *Voyage au bout de la nuit* se voulait être aussi populiste que son héros nihiliste ». Un autre critique d'art trouvait que Vivaldi était accessible – pas de doute à ce sujet – mais en tant que

1 *De Volkskrant*, 2 mai 2008 ; NRG *Handelsblad*, 19 mai 2008.

2 Archives numériques NRG *Handelsblad* et *de Volkskrant*. J'ai délibérément évité les blogs et les forums en ligne : leurs populistes y sont acclamés.

3 Mediargus, janvier 2008.

compositeur « ni naïf ni populiste » ; contrairement aux messieurs de Coldplay, qui s'avéraient être des « populistes-nés ». Et il se trouva encore quelqu'un que le « sourire populiste » irritait.[4]

Cependant, ce que tout cela signifie reste extrêmement vague. La popularité du concept semble inversement proportionnelle à sa clarté. Lors des pré-élections américaines, les candidats à la présidence furent tous les quatre, à un moment donné, décrits comme des populistes, en dépit des profondes divergences de vue entre Huckabee, MacCain, Clinton et Obama. Et les leaders politiques présentant des conceptions extrêmement différentes – comme Chavez, Berlusconi, Zuma, Ahmadinejad, Perón, Thatcher, Walesa, Sarkozy et Atatürk – sont tous facilement désignés, ici et là, comme populistes.

On s'étonnera qu'un concept aussi diffus bénéficie d'une diffusion aussi large, mais peut-être ce caractère vague explique-t-il une partie de son succès. Le populisme est d'un usage si commode qu'on peut en faire ce que l'on veut. C'est certainement le cas pour son emploi récent en néerlandais. Quiconque se plie à la volonté du peuple, sacrifie son intégrité à l'*opinio communis*, qui fait miroiter d'illusoires promesses, qui est surpris à commettre une inconséquence ou toute autre méprise se retrouve étiqueté comme tel : les tourne-casaques, les prometteurs de beaux jours, les opportunistes, les hypocrites, les démagogues, les baratineurs, les malhonnêtes intellectuels, les harangueurs de troupeaux, les vendeurs de slogans

---

4 *De Tijd*, 26 janvier 2008 ; *Knack*, 16 janvier 2008 ; *De Morgen*, 13 juin 2008 ; *De Standaard*, 26 janvier 2008.

creux, les orateurs du dimanche, bref, tous les adversaires, quoi. Et si « populisme » ne marche plus, car tout mot finit par s'user, on essayera avec le « populisme plat », l'horreur au superlatif.

L'horreur, en effet. Car l'emploi polyvalent, débridé et insaisissable du terme « populisme » n'a qu'un seul commun dénominateur : personne ne se nomme populiste, pas même des populistes invétérés bien connus, comme Wilders et Dedecker : « Qu'y a-t-il de populiste à énumérer les faits pour y apporter des solutions ? a demandé Wilders hargneusement dans une interview accordée au journal gratuit *Spits* : « On peut avoir des divergences d'opinion sur les solutions mais (…) cela ne signifie pas pour autant que je sois populiste. Je préfère parler ici de bon sens »[5]. En des termes quasi similaires, son homologue flamand Jean-Marie Dedecker a confié à *De Morgen* : « Je ne suis nullement un populiste. Je ne m'adresse pas aux tripes des gens mais à leur intelligence, à leur bon sens. »[6]

On fuit ce terme avec autant d'empressement que d'autres ont mis à le propager. Personne n'aime les barres de chocolat du populisme. C'est qu'elles semblent empoisonnées. La seule personne, dans mes archives, à s'être réclamée avec franchise et conviction du populisme est Mumia Abu-Jamal, l'activiste afro-américain des droits de l'homme : « Même après que le parti (Black Panther) eut sombré dans l'anarchie, j'ai toujours continué à écrire à partir d'un point de vue radical et populiste, celui de la libération des

---

5 *Spits*, 2 novembre 2007.

6 *De Morgen*, 5 janvier 2008.

Noirs. »[7] Il faut savoir que cela fait déjà 26 ans, qu'Abu-Jamal attend son exécution dans une cellule du couloir de la mort. Oui, si c'est là votre destin, vous pouvez manifestement vous targuer vous-même d'être un populiste.

2

Mais, au fond, qu'est-ce que le populisme ? Ne faut-il pas, même si ce terme est parfois galvaudé, noter certaines constantes ?

Le seul politicien actif du *Plat Pays* à avoir voulu cerner de près ce phénomène est Karel De Gucht, le ministre libéral belge des Affaires étrangères, dans son livre *Pluche*, paru en 2007. Il cite les caractéristiques que des sociologues et des politologues avaient déjà relevées auparavant. D'une part, le populisme est un style dans l'exercice politique selon lequel on ne craint pas la manipulation facile de la masse au moyen de *one-liner*s, de simplifications et de prévisions sans fondement, un style dont tout homme politique se sert à l'occasion. Bref, le populisme compris comme rhétorique.

D'autre part, écrit De Gucht à juste titre, le populisme désigne aussi un contenu politique spécifique. Il s'agit alors d'un courant nettement

7 *De Morgen*, 15 février 2008. Ce genre de populisme convaincu me semble bien différent du populisme opportuniste avec lequel Wouter Bos espère tourner la page des élections (*De Pers*, 7 avril 2008, voir : http://www.depers.nl/binnenland/189849 / PvdA-must-popistic.html).

anti-élitaire et anti-establishment, qui prétend parler au nom d'un « peuple » qui aurait été constamment ignoré par la caste politique. Celle-ci serait exclusivement peuplée de profiteurs et d'arrivistes, qui excellent dans une aliénation profonde par rapport à la réalité. Le seul qui connaisse et traduise encore les besoins indéniables d'un peuple uni est le leader populiste. Il (rarement elle) est un personnage charismatique, un homme du peuple, non corrompu par le pouvoir, plus proche du comptoir de café que de « la » politique, quelqu'un qui ne doute pas, mais qui dit ce qu'il pense et fait ce qu'il dit. Et, au sein du populisme actuel en Europe – sauf pour quelques rares populistes de gauche – cette manière de penser et d'agir est en général le propre de la droite radicale ou de l'extrême-droite.[8] Parmi les exemples les plus notoires, citons Filip Dewinter, Jean-Marie Dedecker, Pim Fortuyn, Geert Wilders, Jörg Haider, Jean-Marie Le Pen et Christoph Blocher. Ils ramènent volontiers des dossiers sociaux complexes à des slogans simplistes et à des projets politiques inapplicables, de sorte qu'ils parviennent tout à la fois à réaliser de bons scores électoraux et à empester l'atmosphère politique. Ce qui n'a guère amusé De Gucht, lequel considère le populisme comme « une moisissure qui ne cesse de refaire surface ».[9]

Cette image de la moisissure est intéressante. Elle suggère que des processus sous-cutanés sont à l'œuvre

8 Jan Marijnissen de SP était l'exemple le plus connu. En Allemagne, *Die Linke* est souvent décrit comme tel.

9 Karel De Gucht, *Pluche : over de banalisering van extreemrechts*, Houtekiet, Anvers, 2007, p. 21.

afin d'endommager, voire même de détruire le tissu encore sain de la démocratie. En effet, le populisme actuel, en Flandre et aux Pays-Bas, présente parfois ces caractéristiques, jusqu'ici davantage en paroles que dans les faits. Il croit savoir que le peuple forme un bloc homogène, que la volonté du peuple est univoque et linéaire et que cette volonté populaire doit en réalité occuper le centre du pouvoir. C'est ce que j'appelle le « populisme obscur » (*duister populisme*). Car il s'oppose directement à une conception connue, chère à la démocratie, selon laquelle dans une démocratie la place du pouvoir doit toujours rester libre. Vu qu'une société démocratique constitue une société ouverte au sein de laquelle des questions toujours nouvelles demandent une solution, la place du pouvoir ne saurait ni ne peut être occupée définitivement. L'accessibilité au pouvoir politique garantit l'ouverture démocratique de la société.[10]

Cependant, pour le populiste, ce pouvoir ne doit nullement rester vacant. Au contraire, il préférerait de loin y voir siéger le peuple, ce peuple univoque dont il constitue le porte-parole. Il sait ce que veut le peuple et cela doit suffire. C'est pour cela qu'il ne souffre aucune contradiction, et c'est aussi pour cette raison qu'il a une sainte horreur du débat. Le parlement, la constitution, les procédures habituelles de la démocratie sont à ses yeux plus des entraves que des acquis politiques. Dans cette optique, le populisme est foncièrement antidémocratique et antiparlementaire ; certains parlent même de « proto-

---

10 Je me réfère ici à l'œuvre influente de Claude Lefort, *Les Formes de l'histoire*, Gallimard, Paris, 1978.

totalitaire ».[11] Ce populisme obscur méconnaît l'essence de la démocratie, nie l'existence d'intérêts divergents au sein d'une seule et même société, et refuse de croire que, sous le dénominateur du « peuple », se dissimulent toujours des oppositions et des dissensions incompatibles entre elles. Une telle idéologie est en effet une moisissure qui pourrit tout et qu'il faut combattre à tout prix.

Si le populisme est un si grand fléau, comment expliquer que De Gucht se contente de la simple description des symptômes ? Il présente une excellente synthèse de l'infection, il s'attarde aux démangeaisons qu'elle provoque, aux irritantes caractéristiques de la dite moisissure et aux nombreuses absurdités dont est truffé le discours populiste. Il attire l'attention sur le rôle dangereux des sondages d'opinion ainsi que sur la responsabilité des médias dans la banalisation du populisme obscur. Ce sont là des commentaires essentiels – aucun doute à ce propos – mais il ne consacre aux causes plus fondamentales pas plus d'une demi-phrase : le populisme serait une formule adéquate « pour toute personne qui a peur, qui est en colère ou mécontente ».[12] Pourquoi cela concerne-t-il tant de gens, d'où viennent la peur, la colère et la frustration et pourquoi les populistes arrivent-ils à en tirer parti si habilement, nous ne l'apprenons malheureusement pas : De Gucht confirme ici ce que le leader populiste lui reproche précisément : il ne prend

11 Koen Abts et Stefan Rummers, *Populism versus democracy' Political Studies* 55, 2007, p. 405-424.

12 Karel De Gucht, *Pluche : over de banalisering van extreemrechts*, Houtekiet, Anvers, 2007, p. 64.

pas l'électeur en compte. Et c'est bien dommage, car il passe ainsi à côté de la vitalité et du pouvoir d'attraction de ce nouveau mouvement politique. Il décrit avec beaucoup de nuances un symptôme mais ne pose aucun diagnostic en profondeur. Et tant que celui-ci fera défaut, toute thérapie restera stérile.

3

Non, si nous voulons comprendre le populisme actuel, nous devons creuser davantage en profondeur. Une critique des médias et des sondages d'opinion ne suffit pas, car même lorsque l'information sera impeccable et les sondages tout à fait objectifs, les gens seront encore « craintifs, fâchés ou mécontents » et ils tomberont dans les filets enjôleurs du populisme. Les sentiments sont bien là, nous ne pouvons pas passer outre.

On considère bien trop souvent le populisme comme une maladie mais, en réalité, il s'agit là d'un symptôme révélant la présence de problèmes sous-jacents. La maladie se situe plus en profondeur. Nous pouvons nous détourner des symptômes avec dégoût ou alors leur prêter attention. Peut-être le populisme n'est-il pas tant une maladie au sein d'une culture politique démocratique saine, qu'une maladie qui ne surgit que lorsque la culture politique dominante est elle-même affaiblie ou souffrante. Les moisissures apparaissent plus facilement lorsque l'organisme offre une résistance moindre. Il s'agit donc d'examiner l'organisme tout entier.

4

Dans les lignes qui suivent, je n'ai pas l'ambition de défendre les idées de Wilders, de Dewinter et consorts. Leurs idéaux politiques ne sont pas les miens. En revanche, je voudrais m'attarder à deux causes de leur popularité qui, à mes yeux, n'ont rencontré que relativement peu d'attention dans le débat public. Il s'agit, d'une part, de la présence de moins en moins importante des personnes peu scolarisées au parlement et, d'autre part – fait encore plus grave – du fossé culturel croissant entre personnes très et peu scolarisées au sein de la société. Je voudrais essayer de redéfinir, à partir de la tension entre personnes très et peu scolarisées, la polarisation aujourd'hui stérile entre ceux qu'on appelle les multiculturalistes et les racistes, bref entre une gauche généreuse et une droite mesquine. Si le niveau de formation est à l'origine d'une nouvelle ligne de fracture sociale, je voudrais vérifier dans quelle mesure le populisme représente la voix de l'autochtone peu scolarisé et chercher l'attitude à prendre face à ce problème. Je procèderai à l'aide de ce que sociologues et politologues ont établi ces dernières années. Pour l'analyse de la « démocratie des diplômés », le premier facteur que j'analyse, je suis particulièrement redevable au spécialiste néerlandais en sciences administratives, Mark Bovens. Pour mon analyse du fossé culturel entre personnes très et peu scolarisées, le second facteur, je m'appuie directement sur les travaux du sociologue belge Koen Pelleriaux.

Outre l'analyse qu'il contient, cet essai s'attarde sur la façon dont peuvent être conjurés les périls du populisme obscur. Je plaiderai en faveur d'une augmentation du nombre de personnes peu scolarisées au parlement et davantage de points et de domaines de convergence entre l'élite et la masse. Je crois surtout qu'il faut non pas moins de populisme mais bien un populisme de meilleure qualité. Les partis populistes, aussi bien ceux de gauche que ceux de droite, qui respectent les principes constitutionnels de l'État de droit représentent un enrichissement pour un monde politique où dominent momentanément les personnes très scolarisées.

Le « blanc peu scolarisé » dont traite cet essai constitue une catégorie où règne une grande diversité. Il s'agit par exemple d'André et d'autres chômeurs au gros bide, issus de la classe inférieure, et qui, à dix heures du matin, effondrés devant le poste de télévision, éteignent leurs mégots de cigarette sur le bord de cannettes de bière en fer blanc d'un demi-litre, achetées au Lidl. Et il s'agit aussi de toutes ces Tania, qui exploitent des centres de banc solaire et des boutiques, se propulsant ainsi dans le bas de la classe moyenne. Leur style de vie se compose d'écrans plasma, de grosses bagnoles, de botox et d'enfants qui s'appellent Leroy et Shania. Il s'agit même des quelques Wesley de ce monde qui, en vertu d'un quelconque talent (immobilier, football, pop-music) sont passés alors qu'ils sont peu scolarisés, à la classe des revenus les plus élevés. Aussi divers que soient leurs statuts socio-économiques actuels, grâce à leur formation, André, Tania et Wesley partagent souvent des idées politiques et culturelles apparentées, comme on peut le constater à tous les coups. Par personne peu scolarisée, j'entends ici celle qui a bénéficié tout au plus de l'enseignement moyen ; par personne très scolarisée, j'entends celle qui, après ses dix-huit ans, a pu continuer à étudier à l'université ou ailleurs.

S'intéresser aux peu scolarisés et aux voix populistes implique inévitablement de s'arrêter au ressentiment des autochtones. Bien sûr, cela ne signifie nullement méconnaître les soucis légitimes des allochtones ou supposer que leur pire détresse se trouve entre-temps soulagée. Hélas, elle ne l'est pas. La persistante inégalité en matière d'enseignement et la discrimination sur le marché du travail qui affligent tant d'émigrés restent choquantes ; je le constate chaque jour à Bruxelles et j'ai consacré plus d'une colonne à ce sujet. Mais l'injustice criante faite à l'un ne doit pas mener à l'aveuglement devant celle faite à l'autre. Même s'ils gagnent souvent davantage qu'Abdul et Mehmet, les blancs peu scolarisés peuvent eux aussi être mal intégrés dans la société : eux aussi peuvent connaître l'exclusion et la discrimination ; eux aussi sont en proie à des sentiments de relégation imaginaire ou non.[13] C'est à peine si l'on parle encore d'eux au parlement : dans la société, on les regarde avec mépris. En fonction de leur fortune, nous les appelons *white trash*, parvenus ou nouveaux riches.

---

13 Dirk Jacobs, Koen Abts, Karen Phalet et Marc Swyngedouw, *Verklaringen voor etnocentrisme : de rol van sociaal kapitaal, sociaal-economische onzekerheid, sociale integratie en gevoelens van discriminatie : een verkenning*, in Vlaanderen gepeild ! *De Vlaamse overheid en burgeronderzoek 2001*, Ministère de la Communauté flamande, Bruxelles, p. 99-132.

« Nous », ce sont les très qualifiés, les « masters », comme ils se nomment depuis la dernière réforme de l'enseignement. Voilà qui est subtil. Personne ne semble s'apercevoir que ce terme de « master » présuppose une nouvelle classe de subordonnés. Les remarques moqueuses que les très scolarisés se permettent à propos des peu scolarisés sont des propos haineux qui, dans d'autres circonstances, passeraient pour racistes. La tolérance si vantée par la classe culturelle supérieure n'est manifestement pas pour tous. Aux Pays-Bas, on taxe les paumés de « Aso's » (forme abrégée de « *asocialen* »), mais on oublie que les vrais asociaux peuvent aussi se trouver du côté des diplômés.

L'anthropologie nous apprend que, lorsqu'il existe beaucoup de mots pour désigner le même petit bout de réalité, il doit y avoir un problème. Alors, allons-y ! : asociaux, marginaux, malotrus, gredins, populace, racaille, plèbe, canaille, vermine, pègre, piétaille, vauriens, voyous, rebus, crapules, etc. Il semble bien que tous ces termes dénigrants servent à maîtriser le « vulgus » (en voici encore un).

Peut-être le peuple mérite-t-il une attention un peu plus positive. Finalement, explique le journaliste flamand Filip Rogiers, il s'agit d'une construction sociale intégrée : « Achmed doit s'embarquer avec les autres mais les "emmerdeurs (*zeikerds*)" du Seefhoek (un quartier pauvre d'Anvers) aussi, et les villas de Brasschaat *également* ».[14] Il a entièrement

---

14 Filip Rogiers, *Eigen schuld eerst : wat we niet willen horen over extreem-rechts in Vlaanderen*, Nijgh & Van Ditmar, Amsterdam/Anvers, 2001, p. 180.

raison. Mais comme on s'intéresse moins souvent à l'autochtone peu scolarisé en tant que catégorie sociale, je consacrerai consciemment, dans cet essai, plus d'attention à André, Tania et Wesley. Il est tout de même curieux que nous nous agitions quand Shania, par son origine, se retrouve automatiquement dans l'enseignement professionnel, alors qu'elle possède peut-être toutes les qualités requises pour fréquenter l'université, et qu'ensuite nous nous fâchions en apprenant que, quelques années plus tard, elle devait voter pour un populiste. Comme si la formation et le comportement électoral n'étaient pas liés l'un à l'autre ! Nous aimons le peuple tant qu'il est pittoresque, mais une fois tous les quatre ans, nous le maudissons copieusement, à savoir le lendemain des élections. Ce paradoxe mérite un pamphlet.

Une dernière remarque : j'ai longtemps fait partie du chœur qui se moquait en ricanant de l'électeur populiste. Cela a duré jusqu'à ce que je me mette à m'énerver de mon propre énervement. Jusqu'à ce que je commence à voir ces « sombres crétins » et « affreux couillons » (comme certains de mes très savants amis les appelaient encore récemment) comme des personnes peu scolarisées qui risquaient de quitter le navire, non pas du point de vue économique mais sur les plans culturel et politique. Comment cela était-il possible, bon Dieu ! Mes quatre grands-parents étaient eux aussi peu scolarisés, mais « la pilarisation » les a aidés à rester à bord. Ils se sentaient compris sur le plan politique : des personnes très scolarisées au sein du « pilier » traduisaient pour eux leurs désirs et leurs aspirations. Mon grand-père du côté maternel était engagé dans le mouvement ouvrier catholique, et mon grand-père paternel s'intéressait à la lutte pour l'émancipation flamande. Ils avaient tous les deux un profond respect pour les livres et les arts. Le pilier les mettait en rapport avec la haute culture. Non que je souhaite un retour au temps de la pilarisation, mais les médias platement commerciaux d'aujourd'hui me rendent souvent nostalgique de la noble élévation populaire de cette époque. Mes grands-parents y ont trouvé vraiment leur avantage. Leurs enfants, donc mes parents, purent pour la première fois faire quelque chose qui, dans les siècles antérieurs, avec mon arbre généalogique composé de petits cultivateurs, de patrons d'estaminets, de maçons et de relieurs aurait été impossible : poursuivre des études. Pas encore à l'université – c'était momentanément hors de portée – mais bien dans l'enseignement supérieur. Et, une fois de plus, grâce au pilier : le curé vint expliquer à mes grands-parents du côté maternel qu'un régendat en arts plastiques, ce n'était tout de même pas la mer à boire ! Et il précisa que le réseau de l'enseignement catholique pourrait toujours employer un professeur féminin pour le dessin. C'est amusant quand on y pense à présent, mais qui stimule de nos jours les parents peu scolarisés ? Certainement pas les médias commerciaux, et les sarcastiques très cultivés encore moins.

Dans la petite ville non loin de là où j'ai grandi, il n'y avait pour ainsi dire aucun allochtone, et dans mon village, pas le moindre. Mais durant des décennies, ma mère a donné des cours de dessin à des défavorisés que l'on reléguait, pour s'en débarrasser, dans l'enseignement spécialisé, l'école pour les moins doués et handicapés légers. Plus tard, elle a travaillé de longues années comme volontaire dans un restaurant pour sans abris. Pour elle, s'occuper des nécessiteux était tout aussi évident que se préoccuper de la montée du racisme à Anvers et à Bruxelles.

Ces circonstances semblaient oubliées quand, là-bas, à Middelkerke, penchés à la fenêtre, nous nous esclaffions à la vue de ce rassemblement de prolos, nous, petits-enfants de prolos… Mais une chose est sûre : ces gens colorent le regard avec lequel j'écris aujourd'hui cet essai. Ce qui suit n'est pas autre chose qu'une tentative visant à répertorier mes propres zones d'ombre, et j'ai bon espoir que cette entreprise se révélera également pertinente aux yeux d'autres personnes que moi. Mais comme tout essai, c'est en premier lieu à moi-même que j'écris celui-ci.

LA DÉMOCRATIE DES DIPLÔMES

1

Comme la plupart des pays occidentaux, la Belgique et les Pays-Bas connaissent le système de la démocratie représentative : le peuple ne doit pas se préoccuper chaque jour de la politique mais confie cette tâche à ses représentants au parlement, qui sont élus tous les quatre ans. C'est en son sein que se forme ensuite un gouvernement. À la différence de la démocratie directe telle qu'elle existe dans les cantons suisses, la qualité de notre démocratie dépend ainsi, pour le meilleur et pour le pire, de la qualité de cette délégation ou représentation populaire du pouvoir. Cette qualité ne se rapporte pas tant à la valeur ou à l'excellence de parlementaires individuels qu'à la mesure où la représentativité populaire représente aussi le peuple dans les faits.

Le fait que les populistes plaident volontiers en faveur de formes plus directes de démocratie (via des référendums, des sondages internet et toutes sortes de consultations populaires montre déjà qu'ils nourrissent une certaine méfiance à l'égard de la démocratie représentative actuelle.[15] À leurs yeux, le parlement n'est plus le forum auquel participe le peuple mais le énième organe du pouvoir corrompu. Cette attitude se rattache à coup sûr à la *communis opinio* selon laquelle il n'existe pratiquement plus de différence entre ministres et parlementaires : « Ce sont tous des politicards », gémit au comptoir des cafés plus d'un client flamand dans ce qui ressemble à un râle. En fait, il s'agit là d'une terrible évolution : alors que le parlement est la suprême institution du pays, l'endroit où le peuple fait entendre sa voix, l'Assemblée Générale de l'État-nation qui stimule et contrôle l'administration quotidienne du gouvernement, nombreux sont ceux qui le considèrent comme une réserve creuse pour pique-assiette. » Il n'est pas fait pour nous mais pour eux, oui, pour ceux-là !

Cette évolution n'est cependant pas tout à fait étrange. Ces dernières décennies, la qualité de notre démocratie représentative a décliné. Il s'est produit un glissement patent dans le sens de la « démocratie des diplômés ». Ce terme émane de Mark Bovens, le spécialiste utrechtois en sciences sociales et administratives. Il désigne par

15 Cet amour du référendum était également caractéristique du libéralisme des années 1990 : Verhofstadt l'a défendu dans ses Manifestes citoyens et D66 en a fait un sujet de discorde. Aujourd'hui, cet amour s'est un peu refroidi.

là le phénomène relativement récent mais capital selon lequel les citoyens ont acquis de plus en plus de pouvoir à mesure qu'ils jouissent d'une meilleure formation. Cette observation vaut certainement pour son propre pays :

> « Les Pays-Bas sont à juste titre une *démocratie des diplômés*. Le niveau d'instruction est de loin le facteur le plus important qui détermine l'influence en politique. Les citoyens très qualifiés vont plus souvent voter, sont les premiers à participer au Courrier des lecteurs, écrivent plutôt des lettres traditionnelles, fréquentent plus souvent des soirées participatives et sont beaucoup plus fréquemment au premier rang lors de la concertation politique interactive que les personnes peu qualifiées. Et bien qu'une bonne moitié de la population n'ait suivi que l'enseignement inférieur ou moyen, il reste que, dans notre pays, les citoyens peu qualifiés sont complètement absents des organes de représentation et du cercle des décideurs politiques. Plus que jamais, depuis l'introduction du suffrage universel, la démocratie est dominée par les personnes les plus qualifiées ».[16]

Non pas qu'auparavant tout était réparti d'une façon beaucoup plus proportionnelle et équitable. À partir du XIXe siècle jusque loin dans les années soixante du siècle passé, on pouvait plus facilement

16 Mark Bovens, *De diplomademocratie : over de spanning tussen meritocratie en democratie*, b en m, *Tijdschrift voor Beleid, Politiek en Maatschappij* 33, 4, 2006, p. 205-218.

décrocher un mandat politique si l'on venait d'une « bonne famille ». Mais à présent, le degré de scolarité est déterminant : celui qui a fréquenté une université ou une haute école entre plus facilement au parlement que celui qui n'est pas passé par là. C'est ainsi que le niveau de formation à la Deuxième Chambre est largement supérieur à la moyenne nationale. Depuis les élections de novembre 2006, les personnes très qualifiées occupent 80% des sièges parlementaires. En réalité, seul un quart de la population détient un diplôme de l'enseignement supérieur (universitaire ou non).[17]

Cette disproportion peut en partie expliquer la frustration croissante, voire l'apathie politique chez les personnes peu qualifiées. Quoi d'étonnant à ce qu'ils pensent : « Avant, on avait encore de vrais hommes au parlement. Les partis se vouaient une haine féroce, et c'était bien normal, mais depuis la coalition violette, ils se ressemblent tous : les libéraux sont devenus plus de gauche et les socialistes plus de droite, et chacun semble soudain être devenu chrétien-démocrate. Et s'ils ont tous des bobines amicales et sympathiques, ils débitent tous leurs longues phrases sans jamais – même pas une fois – frapper du poing sur la table, alors qu'il y a un tas de raisons de le faire ![18]

---

17 *De Volkskrant banen*, 28 novembre 2006, voir : http//www.volkskrantbanen.nl/actueel/556923/Een-nieuwe-Kamer-van-hoogopgeleiden-leraren-en-exambtenaren.html

18 Pour des reportages percutants aux Pays-Bas et en Flandre, voir : Gerard van Westerloo, *Niet spreken met de bestuurder*, Amsterdam, De Bezige Bij, 2003, et Filip Rogiers, Buurtpatrouille, Anvers, Meulenhoff / Manteau, 2004.

Les peu qualifiés sont sensiblement moins actifs en politique.[19] Ils ne sont plus que rarement membres d'un parti politique, haussent les épaules à la énième soirée-débat ou au tantième comité de quartier et décrochent petit à petit. De toute façon, cela ne sert à rien, pensent-ils, on ne nous écoute tout de même pas. Les taux de participation aux Pays-Bas ne s'y trompent pas non plus. Le grand jour de la démocratie, ce sont surtout des personnes peu qualifiées qui restent chez elles. Lors des élections législatives, seulement 4% des électeurs très qualifiés s'abstiennent, tandis que, pour ceux qui ne possèdent qu'un diplôme de l'enseignement primaire, le taux est de 20%. Ce chiffre de non-votants s'est vu multiplié par trois en quarante ans : en 1967, il n'était que de 7%. Mais est-ce si étonnant ? Des 150 représentants du peuple, il n'y en a qu'un, aujourd'hui, à n'avoir fréquenté que l'école primaire : Remi Poppe du SP. Quelle est la valeur d'une « représentation populaire » si de larges parts de la société ne se reconnaissent pas dans ses délégués ? Cette Deuxième Chambre représente-t-elle donc vraiment le peuple ?

Ajoutons que la dépilarisation a livré à leur triste sort les ouvriers et les personnes peu qualifiées, que la qualité de l'enseignement néerlandais a notablement baissé et que les perspectives socio-économiques de la classe inférieure sont beaucoup plus incertaines que jadis et on comprendra que

---

19 Mark Bovens et Anchrit Wille, *Political participation and the education effect : the overrepresentation of the hogher educated in the Dutch political arenas*, article dans le *Politicologenetmaal* 2008, Nimègue, 29-30 mai 2008.

bon nombre de citoyens commencent à se sentir peu à peu craintifs, furieux ou mécontents. Lors des élections législatives de 2006, les partis populistes, aussi bien à gauche qu'à droite, ont enregistré de très bons résultats : on a assisté à un véritable exode en provenance des partis centristes classiques vers le SP de Jan Marijnissen et le PVV de Geert Wilders. L'enquête électorale nationale confirme le fait que les peu qualifiés ont plus souvent voté significativement pour le PVV et le SP. Le VVD libéral, les écolos de gauche (*GroenLinks*) et le parti libéral de gauche, le D66, étaient visiblement les partis des personnes très qualifiées. Le CDA et le PvdA sont allés chercher leurs voix aussi bien auprès des personnes peu que très qualifiées, mais tous les deux ont perdu des sièges.[20]

2

Les Belges aussi vivent clairement dans une démocratie des diplômés sans en être très conscients pour autant. Les chiffres y sont encore plus révélateurs. Tout comme nos voisins du Nord, environ un quart de la population belge est très qualifiée (universitaires et non universitaires) mais au parlement fédéral, ce quart décroche quelque 93% des sièges, soit environ 13% de plus qu'aux Pays-Bas. La situation est encore plus dramatique,

20 Kees Aarts, Henk van der Kolk et Martin Rosema, *Een verdeeld electoraat : de Tweede Kamerverkiezingen van 2006*, Spectrum, Utrecht, 2007, p. 278.

lorsque nous nous limitons aux universitaires : depuis les élections de juin 2007, ceux-ci occupent 121 des 150 sièges. Alors qu'ils ne constituent que 8% de la population, ils ne raflent pas moins de 81% du pouvoir parlementaire.[21]

Les choses étaient-elles donc meilleures auparavant ? En réalité, oui ! Il y a quelque temps, deux jeunes sociologues bruxellois, Stef Adriaenssens et Michaël Van Droogenbroeck, ont répertorié le niveau de formation des parlementaires belges entre 1937 et 2003.[22] Pour des raisons incompréhensibles, leur remarquable contribution, intitulée « *Ze zijn zo geleerd, Mijnheer* », ne parvint jamais dans les médias. Pourtant, leurs résultats étaient renversants. En 1937, constatèrent-ils, 45% des parlementaires n'avaient bénéficié que de l'enseignement primaire et dix autres pourcents n'avaient pas été plus loin que l'enseignement secondaire. Plus de la moitié de la Chambre avait donc fréquenté l'école tout au plus jusqu'à l'âge de 18 ans. Aujourd'hui, ce groupe est quasi inexistant au parlement.

Oui, mais n'est-ce pas normal ? N'y a-t-il pas beaucoup moins de personnes peu qualifiées qu'à l'époque ? Et dès lors, n'y en a-t-il aussi pas moins

---

21 Les chiffres du Parlement fédéral, voir http://www.dekamer.be/kvvcr/pdf_sections/pri/fiche/10N.pdf en de FOD Economie, KMO, Middenstand en Energie http://www.statbel.fgov.be/figures/d33_nl.asp#1bis_

22 Stef Adriaenssens et Michaël Van Droogenbroeck, *Ze zijn zo geleerd, mijnheer : dalende kwaliteit van de politieke vertegenwoordiging in het Belgische parlement* (1937-2003), http://www.kubrussel.ac.be/onderwijs/psw/onderzoek/perstekst.pdf

au parlement ? La démocratie des diplômés ne doit donc guère poser problème : elle signifie peut-être même le triomphe de la démocratisation de l'enseignement !

Pas du tout, hélas ! Il est bien vrai que le niveau général s'est depuis lors considérablement amélioré, mais même lorsque les sociologues bruxellois ont examiné les diverses proportions, le tableau ne correspondait pas. Pire encore, il correspondait de moins en moins : les personnes peu qualifiées avaient toujours été sous-représentées au parlement, en 1937 aussi, mais jamais encore elles ne l'avaient été aussi mal qu'à présent. Leur représentation a reculé d'une façon manifeste. Et les chercheurs de conclure : « Il existe de forts indices que le fossé entre le citoyen et la politique, tout au moins pour les personnes peu qualifiées, est notamment dû au fossé croissant entre un corps électoral peu scolarisé et un parlement presque exclusivement composé de personnes très qualifiées. »

L'apathie politique a toujours existé mais la confiance politique, quant à elle, évolue bel et bien. En 1964, le sociologue Luc Huyse a enquêté sur le taux d'implication politique du citoyen belge. À cette époque aussi, les peu qualifiés étaient moins actifs sur le plan politique que les très qualifiés, mais nombre d'entre eux conservaient une grande confiance en matière politique. Parmi les hommes détenteurs du seul diplôme primaire, 60% trouvaient les politiciens compétents ; 56% pensaient qu'il existait une organisation qui défendait leurs intérêts ; 48% croyaient même qu'il existait un parti qui s'en chargeait – des pourcentages qui ne différaient pas de ce que pensaient les personnes très qualifiées.[23] Aujourd'hui, il en irait certainement autrement. La méfiance politique a énormément augmenté parmi les peu qualifiés : À la suite de la dépilarisation, nombre d'entre eux sont devenus des sans-abri politiques, et ce jusqu'à ce que le populisme leur fournisse un nouvel abri politique. La sous-représentation des peu scolarisés au parlement n'est pas le centre du problème mais elle peut avoir son importance en tant que symptôme de la façon dont un groupe social a pu se retrouver lésé.

Et les choses ne s'améliorent guère. Depuis les élections de 2007, il n'y a plus aucun député ne possédant que le seul diplôme de l'enseignement primaire, tandis que 21% de la population n'a suivi que ce type d'enseignement. Seuls 10 parlementaires sur 150 sont dépourvus de tout diplôme de l'enseignement tertiaire (moins de 7%) alors que ce groupe de peu scolarisés constitue plus des trois quarts de la société.

En résumé : 81% des sièges parlementaires en Belgique sont aujourd'hui occupés par des représentants d'une couche supérieure universitaire qui ne représente que 8% de la société, tandis qu'un peu moins de 7% du parlement est peuplé par un groupe réunissant 76% de la population : les personnes peu scolarisées.[24] Celle-ci forment – comme toujours – une majorité démographique. Mais il est clair qu'elles sont devenues une criante minorité démocratique.

---

23 Luc Huyse, *De niet-aanwezige staatsburger : de politieke apathie sociologisch in kaart gebracht*, Standaard, Anvers, 1969.

24 Voir la note 21.

Bien sûr, les peu qualifiés peuvent, par leurs suffrages, évincer les très qualifiés – ils possèdent autant le droit de vote que d'autres citoyens – mais, manifestement, eux-mêmes accordent la préférence aux personnes très qualifiées. La question, cependant, est de savoir si elles ont une alternative. Les rares candidats peu scolarisés occupent en général des places inéligibles sur les listes et ont moins facilement accès aux médias.[25] C'est ainsi que la démocratie des diplômés ne cesse de confirmer son bon droit. Le diplôme, c'est l'accès au pouvoir, au point même que certains falsifient la vérité sur leurs études, comme dans le cas d'Anissa Tensamani.

Une représentation populaire ne peut naturellement jamais être le miroir parfait de la société, mais on peut s'étonner du peu de réactions face à cette disproportion manifeste et à sa récente accentuation.

Peut-être ces réactions viendront-elles, mais alors indirectement. En refusant de continuer à jouer le jeu, par exemple. Malgré le vote obligatoire en Belgique, le nombre d'abstentionnistes a augmenté de façon spectaculaire. Lors des élections à la Chambre et au Sénat en 1977, seuls 5% des électeurs sont restés

25 Dans l'état actuel des choses, beaucoup n'ont aucune chance. Lors du dernier scrutin fédéral en Belgique, un seul des 79 candidats (0,9%) a été élu parmi les inactifs (travailleurs à domicile, retraités, étudiants et chômeurs). Deux des 17 candidats se sont alliés aux travailleurs (1,8%). Comparez cela à la facilité avec laquelle les indépendants et les praticiens des professions libérales ont laissé leur empreinte chez eux (28,3%), voire pire : les politiciens professionnels (56,6% élus). Karolien Weekers, Bart Maddens, Ine Vanlangenakker et stefaan Fiers, *Inteelt troef ? Het profiel van de kandidaten en verkozenen bij de verkiezingen van 10 juni, Samenleving en politiek*, 14, 6? 2007, 3-11.

chez eux ; aux élections de 2007, ce chiffre a atteint près de 9%.[26] Un séisme électoral s'était donc produit en toute discrétion. N'empêche qu'il s'agit là, en chiffres absolus de quelque 700.000 personnes, soit un peu moins que la population réunie d'Anvers et de Gand, un peu moins que le nombre de voix en faveur des socialistes francophones, le troisième parti du pays. Peut-être l'absentéisme croissant aux élections est-il dû à une déception à l'égard de la politique, au sentiment de ne plus être chez soi dans un monde de diplômés, ainsi qu'à celui que la voix de l'électeur, de toute façon, ne compte plus.

Voter nul ou blanc constitue sans aucun doute une autre manière de réagir à la démocratie des diplômés.[27] Depuis longtemps, on sait, de cette tranche d'électeurs, que leur système de valeurs se rapproche de près de l'électorat d'extrême-droite ; ils se sentent démunis sur le plan politique et pensent en des termes franchement conservateurs et ethnocentriques. Pour eux, l'environnement n'est pas une priorité, mais bien la sécurité.[28]

Mais la manière la plus courante d'en finir avec une culture où les gens très qualifiés dominent de plus en

---

26 Les chiffres de Benny Geys, *Economische rationaliteit en opkomst bij verkiezingen*, http://www.wzb.eu/mp/mps/people/publication_bg/nieuw-tijdschrift-2002-final-version.pdf, et pour les dernières élections : http://verkiezingen2007.belgium.be/nl/cha/results/results_graph_etop.htm

27 En raison de la montée du vote électronique, depuis plusieurs années le vote nul n'était plus possible.

28 Jaak Billiet, Marc Swyngedouw, Astrid Depickere et Erik Meerssman, *Structurele determinanten van het stemgedrag en culturele kenmerken van de kiezerskorpsen in Vlaanderen : de verkiezingen van 1999*, ISPO, Louvain, 2001.

plus les débats consiste, on le sait, à voter populiste. Une enquête de grande envergure menée après les dernières élections a révélé que le *Vlaams Belang* et la *Lijst Dedecker* cartonnent auprès des personnes peu scolarisées.[29] Il s'agit souvent de citoyens n'ayant suivi que l'enseignement technique ou professionnel. Nombre d'entre eux sont des ouvriers, des retraités, des gens issus des classes sociales inférieures, et qui trouvent que, ces dernières années, leur situation s'est détériorée. Les électeurs du *Vlaams Belang* craignent même que, dans le futur, les choses seront pires encore. Les sociologues ont compris depuis longtemps que les perspectives d'avenir d'une personne sont souvent plus déterminantes pour son option politique que son niveau de vie actuel. C'est pourquoi les populistes font de très bons scores auprès des personnes peu qualifiées et ayant des perspectives d'avenir désastreuses.

Le lien entre basse scolarisation et populisme est devenu de plus en plus évident. Dans le courant des années 1990, lorsque la démocratie des diplômés était sérieusement en train de supplanter pour de bon la démocratie participative, de plus en plus de gens peu scolarisés ont pris le chemin du *Vlaams Blok*.[30] Jusqu'alors, les socialistes avaient encore, un tant soit peu, réussi à attirer au parlement des personnes peu qualifiées mais à partir des années 1990, elles ne présentèrent presque exclusivement plus que des candidats très qualifiés, tout comme le

29 *Post-electoraal onderzoek naar de verkiezingen van 10 juni 2007*, TNS Media TNS Dimarso, septembre 2007.

30 Billiet et al., voir la note 28.

firent d'ailleurs aussi les libéraux et les chrétiens-démocrates.[31] Davantage encore qu'aux Pays-Bas, les partis populistes flamands sont ceux des gens peu scolarisés. Bien sûr, certaines personnes très scolarisées votent aussi pour ces partis et, bien sûr, il existe également des gens peu scolarisés qui choisissent d'autres partis. Mais, à part le Danemark, il n'est aucun pays européen où les gens très qualifiés sont si peu tentés de voter pour la droite radicale qu'en Belgique. Aux Pays-Bas aussi, les gens peu qualifiés donnent bien plus vite qu'ailleurs leur voix à des partis de la droite radicale et les personnes très qualifiées ne se sentent nullement attirées par le PVV de Wilders.[32]

3

Mais qui dit que la démocratie des diplômés est si mauvaise ? N'est-ce pas, pour le plus grand bien de tous, que nos institutions démocratiques sont peuplées de personnes qui s'y connaissent ? Qui oserait prétendre qu'une personne très qualifiée ne peut prendre à cœur que les intérêts d'une élite intellectuelle ? Il ou elle peut fort bien servir la cause de personnes peu scolarisées pour lesquelles le jeu politique moderne est à coup sûr devenu beaucoup

---

31 Adriaenssens et Van Droogenbroeck, voir la note 22.

32 Pippa Norris, *Radical Right : Voters and Parties in the Regulated Market*, Cambridge University Press, Cambridge, table 6.3 ; Kees Aarts, Henk van der Kolk et Martin Rosema, *Een verdeeld electoraat : de Tweede Kamerverkiezingen van 2006*, Spectrum, Utrecht, 2007, p. 278.

trop complexe. D'ailleurs, de nombreux populistes ne sont-ils pas aussi des personnes très scolarisées ?

Exact. Un bon nombre de représentants du peuple sont heureusement capables de continuer à penser plus loin que leur propre clan. Les populistes prétendent même qu'ils ne font rien d'autre. Le parlement s'occupera toujours d'un certain nombre de citoyens qui ne mettront jamais un pied dans ce même parlement. Les enfants, par exemple, ne peuvent pas siéger à la Chambre et pourtant nous partons du principe que leurs besoins y sont suffisamment pris en charge par les adultes. Par ailleurs, ce fut là, pendant des décennies, l'argument utilisé pour tenir la femme à l'écart, les hommes étant quand même là pour défendre ses intérêts.

Bref, nous devons, de toute urgence, nous atteler à définir la notion de représentation.

4

Il existe globalement deux visions de la représentation parlementaire. Il s'agit soit d'une affaire de « gérants », soit d'une affaire de « délégués ». Selon la première conception, les députés sont habilités à définir, au nom de la population d'un pays, une politique destinée à servir la communauté toute entière. Ce sont des esprits brillants et éclairés, qui prennent les décisions nécessaires dans l'intérêt de la collectivité. Ils veillent aux affaires communes de l'État-nation et les gèrent.

Selon la seconde conception, les parlementaires ne représentent pas la population en tant qu'une seule et même communauté mais comme un ensemble de communautés avec leurs divers intérêts locaux. Certains représentants défendront telle chose, et d'autres, telle autre, et tous ensemble ils essayeront de parvenir à un compromis acceptable. Ce n'est qu'ainsi, prétendent les partisans de cette seconde conception, qu'une démocratie parlementaire peut rendre justice au principe de la souveraineté populaire.

Les deux visions correspondent à des courants nettement distincts de la philosophie politique. Si la première privilégie le consensus apaisant, la seconde préfère le conflit ; avec la première, vous aurez la gestion la plus efficace, avec la seconde, la plus légitime ; la première recherche des résultats démocratiques, la seconde ne jure que par des procédures démocratiques ; la première vous fait gagner plus de temps, la seconde, l'acceptation.

La démocratie des diplômés, qui s'est installée dans nos parlements, entraîne un glissement des représentants du peuple vers des gérants de la nation. Le travail passe pour être plus technique que jamais. Les diverses commissions savent tirer parti d'individus aussi intelligents qu'éloquents, qui maîtrisent le jeu politique, et les médias donnent la préférence à des gens qui parlent avec aisance et qui savent ce qu'est une *soundbite*. En outre, des personnes très qualifiées peuvent, en tout bien tout honneur, élaborer une politique qui profite aux personnes peu scolarisées.

Mais quelque part, le bât blesse : on ne peut pas tout abandonner à la volonté du peuple. S'en remettre entièrement à elle a favorisé, dans les années 1930, l'apparition de bien tristes régimes. Et même si l'on ne donne pas un contenu dangereusement monolithique au concept de souveraineté populaire, il est tout de même conseillé de faire passer un certain nombre de compétences dans des eaux plus calmes. C'est d'ailleurs ce qui se passe. On voit de plus en plus, dans nos démocraties occidentales, que des compétences ont été retirées au parlement. Les gouvernements et les ministères sont devenus plus puissants que jadis ; le parlement, et c'est certainement le cas en Belgique, s'est vu attribuer une fonction de contrôle plus que de législation. La magistrature, elle aussi, dispose d'un pouvoir politique bien plus important qu'auparavant. En Belgique, il existe depuis peu une Cour constitutionnelle, qui a succédé à la Cour d'Arbitrage et confronte de nouvelles lois à la Constitution. Aux Pays-Bas, un tel droit de contrôle n'existe pas mais le pouvoir judiciaire doit, toutefois, confronter la législation et la politique à la Convention européenne des droits de l'homme. Il s'agit là d'un pouvoir politique non parlementaire. Par ailleurs, le pouvoir du président de la Banque centrale a fortement augmenté quasi partout en Occident. Pour les pays de la zone européenne, il s'agit en premier lieu du président de la Banque centrale européenne, qui tranche à propos des éventuelles baisses ou hausses d'intérêts et possède ainsi la clé de la politique économique des États-membres.

C'est indiscutablement une bonne chose que certains secteurs de la politique – comme le contrôle constitutionnel et la stabilité financière – soient confiés à des experts qui peuvent travailler à long terme, sans se trouver perturbés par les fièvres électorales. Il n'est cependant pas raisonnable de transférer sans plus le pouvoir vers des institutions non élues. Toute démocratie doit chercher un équilibre entre efficacité et légitimité, entre une culture technocratique de régents et la souveraineté populaire. Car tôt ou tard, le peuple finira par grogner. La construction européenne, par exemple, est le résultat d'une élite politique qui a pris en commun un certain nombre de décisions cruciales extrêmement fructueuses. Ainsi, la fameuse « méthode Monnet » consistait à tracer, dans l'Europe d'après-guerre, entre quelques esprits brillants et *en petit comité*, les grandes lignes d'un continent où règneraient à l'avenir la prospérité et la paix.[33] Un demi-siècle plus tard, cette entreprise avait réussi au-delà de toute espérance. Toutefois, malgré cet éclatant succès, de nombreux citoyens européens, même s'ils récoltent chaque jour les fruits d'une profonde unification européenne, se sentent de plus en plus tenus à l'écart.[34] Les partisans du « non », lors des référendums français, néerlandais et irlandais, ne correspondaient nullement à une entité classique de gauche ou de droite. Le niveau

33 Peter Mair, *Popular democracy and the European Union polity, European Governance Papers* (EUROGOV), no. C-05-03, 2005, http://www.connex-network.org/eurogov/pdf/egp-connex-C-05-03.PDF

34 La « méthode Monnet » persiste. En 1991, Delors a secrètement co-écrit uniquement sur la version originale « néerlandaise » du traité de Maastricht. Cette version était beaucoup plus fédéraliste. L'administration et la chambre n'en étaient pas informé. Lorsque cette version a été rejetée, les Pays-Bas sont passés à l'international, Delors a été laissée de côté. NRC *Handelsblad*, 20 mai 2008.

d'instruction s'est avéré souvent plus déterminant, l'euroscepticisme étant significativement plus important chez les personnes peu scolarisées.[35]

5

La démocratie n'est pas seulement une question de résultats mais aussi de participation. Caitlin O'Hara, de la crèche de Sligo, ne désire pas seulement une politique européenne qui se soucie d'elle, mais elle souhaite aussi être impliquée dans cette politique en tant que citoyenne. Une démocratie des diplômés peut, malgré tout son zèle bien intentionné et très professionnel, oublier que la légitimité d'une politique ne se mesure pas seulement à la validité des décisions mais aussi à la manière dont ces décisions ont été prises. Le citoyen ne veut pas seulement un *output* qui lui soit bénéfique mais aussi un *input* dans lequel il puisse se reconnaître. Un certain degré d'identification à ses représentants revêt de l'importance. La démocratie est là *pour* le peuple mais aussi *par* le peuple. Citons encore Mark Bovens, l'inventeur de l'expression « démocratie des diplômés » :

> « Une absence permanente de personnes peu scolarisées à la Chambre et au Cabinet ne mène-t-elle pas à terme à une crise de confiance, parce que ces gens peu scolarisés ne se reconnaissent plus

---

35 Mark Bovens et Anchrit Wille, *Diploma democracy : the dominance of academics in the Dutch political executive*, *4th ECPR Conference*, Pisa, 6-8 septembre 2007.

> dans l'élite politico-administrative et se détournent de la politique avec cynisme et indifférence ? L'enquête relative à la confiance parle à ce sujet d'« hypothèse identitaire ». Celle-ci implique que ce sont surtout les citoyens peu scolarisés qui perdent de plus en plus confiance dans l'autorité et la politique parce qu'ils se sentent, dans une mesure croissante, exclus d'une authentique participation politique et sociale. »[36]

C'est pourquoi une représentation parlementaire adéquate reste le cœur de toute démocratie. Non que tout parlement doive être un microcosme reflétant la société dans le détail, car il faudrait pour cela se livrer à des comptes sans fin pour savoir si tout le monde a sa petite part de délégation. Il faudrait compter même les prisonniers, les faibles d'esprit et les enfants au nombre des représentants du peuple. Non, la Chambre n'a nul besoin d'être un parfait Madurodam, mais il lui faut tout de même être un reflet de la société. C'est à partir de cette conviction que l'on tente, depuis des années, de faire entrer au parlement davantage de femmes et que l'on se soucie du nombre de « nouveaux » Belges ou Néerlandais dans notre hémicycle. Pour la même raison, il nous faut à présent militer pour qu'entrent au parlement davantage de personnes peu scolarisées. Non moins que les personnes âgées et les ouvriers, celles-ci possèdent des expériences et des idées

36 Mark Bovens, *De diplomademocratie : over de spanning tussen meritocratie en democratie, b en m Tijdschrifr voor beleid, Politiek en Maatschappij* 33, 4, 2006, p. 205-218.

susceptibles d'enrichir la représentation populaire.[37] La cause des femmes, elle aussi, n'a été vraiment prise en compte qu'après que celles-ci eurent pris place dans les fauteuils en peluche. Le but n'est tout de même pas que la représentation populaire regorge de jeunes branchés qui ne connaissent même pas le prix du pain. Maintenant que la fonction de contrôle par le parlement est devenue plus importante, il paraît impératif de disposer d'un panel d'évaluation aussi nuancé que possible.[38]

Les présidents de parti feraient donc bien de ne pas placer sur leurs listes que des diplômés à la langue bien pendue et souvent *de belle allure*. Il faut aussi y trouver des personnes peu scolarisées. Dans un paysage très médiatisé, cela ne va pas de soi, mais il doit être possible de lancer de nouveaux noms. Steve Stevaert et Jan Marijnissen ont bien débuté comme,

---

37 Cependant, imposer un quota obligatoire, tel que cela existe pour les femmes en Belgique, n'est pas une bonne solution. En matière d'éducation, cela peut être plus stigmatisant qu'émancipateur. Il serait bon que les présidents des partis, lors de l'établissement des listes électorales, accordent plus d'attention aux moins qualifiés, comme ils le font pour les candidats immigrants. La même chose s'applique aux personnes âgées et aux travailleurs.

38 Il est néanmoins choquant de constater qu'en matière de vieillissement, l'âge moyen de l'électeur belge diminue à chaque vote. À l'heure actuelle, il a 44 ans et en 1999, il en avait encore 47 (« Kamer was nog nooit zo jong », *De Standaard* en ligne, 18 mai 2008, http://www.standaard.be/Artikel/Detail.aspx?artikelId = 9V1S4FRF & word = parlement). « Over de afwezige arbeider en oudere in het parlement » (*De Morgen*, 30 janvier 2007), « Arbeiders voelen zich niet vertegenwoordigd » (*De Standaard*, 30 janvier 2007) et « Partijen houden zelf anciens uit parlement » (*De Morgen*, 3 juillet 2007).

respectivement, patron de café et fabricant de saucisses. En Belgique, on peut penser au système de cooptation et au placement de candidats auprès des successeurs. En outre, le syndicat reste un bon marchepied.[39]

Nous ne nous lasserons pas de répéter qu'il n'existe aucune raison pour laquelle les peu scolarisés seraient incapables d'accomplir ce travail.[40] Lorsqu'il y avait plus d'ouvriers au parlement, les choses n'étaient pas pires qu'elles ne le sont aujourd'hui. Mieux encore : l'actuelle surreprésentation des juristes n'a pas empêché que voient le jour une quantité de lois particulièrement boiteuses.[41] Mais que l'on se garde de catapulter trop vite au gouvernement des personnes peu qualifiées démunies d'expérience parlementaire : on a vu Anissa Temsamani, une petite indépendante, démissionner en 2003, après 74 jours en tant que secrétaire d'État. Ce record dans l'histoire politique

---

39 Le démocrate-chrétien néerlandais Jan ten Hoopen avait déjà suivi une formation de boulanger, mais il a accédé à la présidence de l'association des employeurs chrétiens dans les orgues de sa colonne. De là, il a fait le saut vers la Chambre basse en 1995. En Belgique, Meryame Kitir a été élue aux élections de 2007. Elle était, et l'est encore aujourd'hui, ouvrière chez Ford Genk ; En tant que représentante syndicale socialiste, elle a acquis une expérience du travail politique.

40 Je considère que la question de savoir si les personnes peu qualifiées doivent être en mesure de gérer le travail parlementaire est hors de propos. Comme pour les autres niveaux d'enseignement, tout le monde n'est pas à la hauteur, mais il y a suffisamment de candidats compétents et motivés. Bien sûr, les nouveaux venus doivent être formés, et cela vaut également pour Christine Van Broeckhoven, professeure de biologie moléculaire et experte de renommée mondiale pour la maladie d'Alzheimer, qui a fait ses premiers pas dans la politique belge en 2007.

41 Stefaan Fiers dans un interview du *Knack*, 23 avril 2008 ; Walter Zinzen, pers. Comm.

belge fut une deuxième fois battu au printemps 2008. Frédérik Laloux, le pâtissier qui fut quelque temps secrétaire d'État, disparut de la scène politique après un mois. Il faut que, d'abord, le parlement soit plus représentatif ; ce n'est qu'ensuite qu'on peut envoyer au gouvernement des personnes expérimentées.

6

La légitimité symbolique du parlement augmente à mesure que siègent dans cette Assemblée davantage de gens peu scolarisés, d'ouvriers et de personnes âgées. Mais l'affaire n'est pas close pour autant.[42] Combien faut-il de personnes peu scolarisées au parlement pour couper l'herbe sous le pied du populisme obscur ? Dix ? Vingt ? Cinquante ? Y en aura-t-il jamais assez ? Peut-on mettre fin à la rancune qui mène au vote populiste ? Cette mouvance ne se nourrit-elle pas du ressentiment ?

Les populistes promettent toutes sortes de bienfaits mais les réaliser n'apporterait aucun soulagement. Au contraire. Ils existent de par la grâce d'un programme qui *doit* rester inachevé. L'inconstance est leur bouée de sauvetage, la grogne, leur *raison d'être*.

Le populisme de droite est en effet une doctrine de la rancune, mais cette rancune fait partie intégrante de la démocratie. Nul n'a jamais mieux décrit ce paradoxe que Menno ter Braak, en 1937 :

---

42 Dirk Jacobs, *The challenge of representation of minorities*, ENARGY, 19, 2007, p. 44-5.

« On ne peut donc pas considérer la rancune comme un état d'exception dans une culture qui, comme la nôtre, présente une tendance à accorder à tous des droits égaux. C'est l'égalité en tant qu'idéal qui, étant donnée l'inexistence biologique et sociologique de personnes égales, fait que la rancune se profile dans la société comme une puissance de premier rang. Car celui qui n'est pas égal à l'autre et souhaite malgré tout être égal à cet autre, on ne le remet pas à sa place par référence à des rangs et à des classes, mais on lui accorde une prime ! Son aspiration à l'égalité est théoriquement considérée comme légitime, même par ceux à qui il ne viendrait pas à l'idée de faire quelque chose en faveur de la réalisation d'une égalité qui serait à leur désavantage. Voilà le grand paradoxe d'une société démocratique où la rancune est non seulement présente mais se trouve aussi encouragée en tant que droit de l'homme. »[43]

La démocratie ne conduit pas à la satisfaction mais au ressentiment. Le constat de Menno ter Braak est assez sidérant. Pourtant, il ne l'a pas empêché, dans la période de l'entre-deux-guerres, de devenir l'un des défenseurs les plus passionnés et inconditionnels de la démocratie. Il aurait certainement partagé la célèbre définition de Winston Churchill, selon laquelle la démocratie serait la pire des formes politiques possibles, indépendamment de toutes celles qui ont déjà été mises à l'épreuve. Nous *devons* défendre

43 Menno ter Braak, *Het nationaal-socialisme als rancuneleer* (1937), dans : *Verzamel werk*, dl. 3, 1950, p. 577.

la démocratie, tout en restant pleinement conscients que le problème de la rancune ne sera jamais résolu. Et cette défense ne doit pas se limiter à corriger la démocratie des diplômés.

En effet, celle-ci est elle-même le symptôme d'un problème encore bien plus profond : le fossé croissant entre très et peu scolarisés au sein de la société. Et l'on ne peut pas le combler en apportant quelques corrections au parlement national. Ce fossé se manifeste dans une foule de contextes très locaux. Bien sûr, le chômeur prénommé André s'en prend à « la politique » de Bruxelles ou de La Haye, mais il ressent sa relégation beaucoup plus près de chez lui : à l'occasion de la visite des parents à l'école de son fils, au guichet de la gare ou à la maison communale, au téléphone avec ce *helpdesk* impénétrable de Belgacom ou KPN, voire même devant sa propre porte d'entrée, où se tient un huissier de justice.

LE FOSSÉ CULTUREL

1

L'augmentation au parlement du nombre de personnes peu scolarisées constitue une condition nécessaire mais en même temps insuffisante en vue de combattre le populisme obscur. Car l'électeur populiste n'a pas lui-même tellement envie de se voir représenté par des personnes peu scolarisées. Si on examine le profil des leaders populistes, on en tirera comme conclusion que leur électorat a tout simplement une préférence pour les politiciens très érudits. Jörg Haider et Christoph Blocher sont tous deux docteurs en droit. Le groupe du *Vlaams Belang* au parlement fédéral pullule de licenciés et, avec Alexandra Colen, ils ont même dans leurs rangs un docteur ès lettres. Rita Verdonk a étudié la sociologie et la criminologie à Nimègue. Pim

Fortuyn était professeur extraordinaire à Rotterdam. Avec sa Bentley, ses petits chiens capricieux et son style de vie excentrique, il se trouvait à des milliers de kilomètres de son électorat. Manifestement, les personnes peu scolarisées préfèrent voter en faveur d'un doctorant que pour un compagnon d'infortune. En revanche, Wilders n'a pas terminé le moindre parcours universitaire et Jan Marijnissen n'en a même entamé aucun. Les groupes de leurs partis respectifs comprennent, cependant, surtout des personnes très scolarisées.[44] Après le départ de Marijnissen comme chef de groupe, c'est Agnes Kant qui conduit le SP. Elle est docteur en sciences médicales.

Cette préférence pour les personnes très scolarisées ne doit pas nous étonner. Quand le socialisme fit son apparition dans la seconde moitié du XIXe siècle, les ouvriers d'usine choisirent aussi, pour exprimer leurs doléances, des chefs de file qui avaient fait des études. Les fondateurs du mouvement ouvrier étaient très souvent des diplômés. Aux Pays-Bas, Domela Nieuwenhuize était le fils d'un professeur d'université en théologie qui avait lui-même commencé sa carrière en tant que prêcheur luthérien avant de devenir le premier député socialiste. Émile Vandervelde et Edmond Picard, deux figures de proue du tout jeune socialisme belge, étaient tous les deux juristes et professeurs à l'université de Bruxelles. Du

---

44 La même chose s'applique aux Vlaams Belang et à la Liste Dedecker. Sur les vingt sièges que les Vlaams Belang et la Liste Dedecker occupent au Parlement belge, seuls deux ont été attribués à des travailleurs : Dirk Vijnck (LDD), travailleur dans une usine d'aluminium à Landen, et Luc Sevenhans (VB), dans le port d'Anvers.

côté wallon, Alfred Defuisseaux était avocat et fils de juriste, mais les mineurs l'admiraient et le portaient aux nues. Il devint l'un des premiers socialistes au parlement belge.

Toutefois, il y a une différence essentielle : alors que les socialistes de jadis essayaient de combattre l'inégalité criante et voulaient améliorer le sort de l'ouvrier, les populistes de droite d'aujourd'hui tentent plutôt de tirer parti de la rancune. L'émancipation ne semble pas être le but recherché.

Il n'empêche que beaucoup de personnes peu scolarisées se reconnaissent dans les thèses populistes sur la migration, l'intégration et l'Europe. Cela vaut certainement aussi pour les ouvriers parmi eux. La mondialisation génère d'innombrables pertes d'emploi dans le secteur industriel. Les industries délocalisent vers des pays à bas salaire, et des secteurs tels que le bâtiment et les transports sont accaparés par de nouveaux acteurs en provenance des nouveaux pays-membres européens. Avec comme corollaire logique la méfiance à l'égard de l'étranger et un nouveau nationalisme « Soyons fiers des Pays-Bas ! (*Trots op Nederland*) ». Le protectionnisme culturel va de pair avec le protectionnisme économique. Les personnes très scolarisées comprennent trop peu combien les perspectives d'avenir de nombreux ouvriers sont précaires. Pour ceux qui sont encore actifs sur le marché de l'emploi, les conditions sociales et les Conventions Collectives de Travail (CCT) sont excellentes mais c'est précisément cette économie coûteuse qui pousse les entreprises à délocaliser vers la Roumanie ou l'Inde. Lorsque André regarde

SBS6 ou VT4 dans son lit, à 10h du matin, c'est parce que son ancien employeur fait actuellement de bonnes affaires en Malaisie. Tandis que les personnes très scolarisées peuvent profiter pleinement de la mondialisation (oui, la Malaisie est vraiment un pays magnifique !), les peu scolarisés en sont les premières victimes.

Mais la classe moyenne inférieure adhère, elle aussi, au programme populiste. Tanja a dû trimer pour créer son centre de banc solaire. Si son père vivait encore, il serait fier d'elle. Mais il est mort jeune : une silicose contractée dans les mines du Limbourg. Les enfants d'ouvriers tels que Tanja, qui ont réussi à grimper l'échelle sociale ne sont pas seulement fiers de ce qu'ils ont réalisé mais ils ont également peur de tout perdre. Sa récente prospérité est encore très fragile et elle la protège comme la lionne défend son lionceau. Autrement dit, avec l'agressivité que génère la peur. Et cette peur les populistes la reconnaissent.

Il serait donc erroné de considérer les leaders populistes comme autant de charmeurs de rats de Hameln. Ils sont aussi les porte-drapeaux d'un mécontentement social existant.[45] Si, bien souvent, les solutions qu'ils proposent sont caduques, les besoins de leur électorat restent, quant à eux, bien réels. Fortuyn et Wilders n'auraient jamais pu trouver en si peu de temps une adhésion aussi énorme s'il n'avait pas existé un mécontentement insidieux autour de sujets tels que la migration et l'intégration

45 Mark Elchardus, *Moet populisme omarmd worden als politieke vernieuwing ?, S&D, Maandblad van de Wiardi Beckman Stichting*, 6, 2001, p. 258-64.

et l'atmosphère de tabou qui les enveloppait.[46] Mais cela ne veut pas dire que tout le monde trouvait depuis toujours qu'il fallait interdire le Coran. L'électorat n'est pas à ce point monolithique. Le peuple n'existait pas *a priori,* il fallait encore le façonner. Les populistes de droite ont connu un vrai succès en la matière. Mieux que quiconque, ils ont compris que, dans des périodes de dépilarisation et de médiatisation, le forum politique est un marché où l'on conquiert l'électeur au moyen de slogans racoleurs. Les grandes Assemblées (*Landsdagen*) du passé, avec leurs interminables discours, ont été supplantées par des *soundbites* au journal de 8h. Chez eux, la traditionnelle défense des intérêts a été remplacée par un clientélisme astucieux.

Quand le *Vlaams Belang* affirme : « Nous disons ce que vous pensez », la conclusion logique est que l'adepte n'a déjà plus besoin de le dire lui-même. Les partis populistes n'ont pas été plébiscités par leur base pour s'occuper de leurs doléances, de leurs aspirations et de leurs désirs. Les Congrès de parti du *Vlaams Belang* sont des spectacles festifs et montés de toute pièce, où les plus âgés sont amenés en bus. Ce ne sont pas là précisément des exercices difficiles de démocratie de base. Après chaque victoire électorale retentissante, les populistes affirment qu'ils ont été mandatés par l'électeur pour faire entendre sa voix. Mais c'est faux, car l'électeur n'a pas été systématiquement consulté. Il y a souvent un fossé béant entre l'électorat peu

46 Paul Scheffer, *Het land van aankomst*, De Bezige Bij, Amsterdam, 2007, p. 141.

scolarisé et le programme de parti populiste. Au cours de ces vingt dernières années, un très grand nombre de gens auront voté *Vlaams Belang* alors qu'ils n'étaient absolument pas racistes, mais parce qu'ils pouvaient fort bien adhérer à une partie du programme de ce même parti. Celui-ci n'en est pas moins resté toujours aussi xénophobe. Par ailleurs, de nombreux électeurs du *Blok* aimaient la Royauté, alors que le parti voulait supprimer cette institution le plus vite possible.

Geert Wilders va encore plus loin : en effet, son « *Partij voor de Vrijheid* » (Parti pour la Liberté) ne compte déjà plus aucun membre ! Le procédé est habile, car ainsi, il n'est plus nécessaire de consulter. Et Rita Verdonk remet une couche : son « *Trots op Nederland* » (Soyons fiers des Pays-Bas) n'est même pas un parti mais seulement un mouvement. Elle a promis, il est vrai, une participation des citoyens, mais lorsque ceux-ci purent émettre des suggestions via internet, le site se ferma en un temps record. Maintenant, ils peuvent tout au plus remplir des sondages et cliquer sur des priorités. Non, ce genre de populisme ne comblera pas le déficit démocratique des diplômés.

Le populisme n'est pas une maladie – nous venons de le voir – mais un symptôme des disproportions qui caractérisent la diplomatie des diplômés. De là à conclure qu'il constitue dès lors aussi une thérapie, c'est aller un peu vite en besogne. Le problème, j'en ai peur, est beaucoup plus profond.

2

La montée du populisme est davantage qu'un problème de représentation politique déficiente : il trahit aussi un conflit de nature sociale. Dans l'économie du savoir où nous vivons actuellement, l'importance de la formation reçue est plus grande que jamais. Ce que l'on a étudié détermine tellement la façon de penser et de vivre que dans un bon nombre de domaines cet enseignement est devenu la variable sociologique la plus importante. C'est ce qui ressort déjà des idéaux politiques. La manière dont les autochtones considèrent les migrants, par exemple, dépend dans une très forte mesure de leur degré de scolarisation, et ce davantage que toute autre variable sociologique classique (classe, revenu, sexe, âge, religion).[47] Plus le niveau de formation sera bas, plus l'attitude sera ethnocentrique. Des sentiments, plus généraux, de malaise et de méfiance sont eux aussi étroitement liés à la scolarisation.[48]

Mais l'influence de l'enseignement s'étend à bien d'autres domaines. Celui qui a fait des études supérieures se comporte différemment dans la vie : il nourrit d'autres idéaux, préfère une autre musique, d'autres vêtements, une autre alimentation,

---

47 Dirk Jacobs, Koen Abts, Karen Phalet et Marc Swyngedouw, *Verklaringen voor etnocentrisme : de rol van sociaal kapitaal, sociaal-economische onzekerheid, sociale integratie en gevoelens van discriminatie : een verkenning*, dans *Vlaanderen gepeild ! De Vlaamse overheid en burgeronderzoek 2001*, Ministère de la Communauté flamande, Bruxelles, p. 99-132.

48 Mark Elchardus et Wendy Smits, *Anatomie en oorzaken van het wantrouwen*, VUBPress, Bruxelles, 2002, p. 54.

d'autres marques de voiture et d'autres destinations de vacances que celui qui ne les a pas faites. Il ou elle semble bien vivre dans un autre pays que celui ou celle qui n'a pu fréquenter que l'enseignement primaire ou moyen.

Les Néerlandais font souvent l'éloge de la qualité de l'enseignement flamand. Non sans raison. Ces dernières années, des enquêtes internationales ont révélé les excellents résultats enregistrés par la Flandre par rapport à l'étranger. Ainsi, les jeunes Flamands se retrouvent au sommet mondial en matière de capacité à la lecture. Leurs connaissances en mathématique se situent, elles aussi, à un niveau particulièrement élevé : ils ne sont dépassés que par des jeunes du même âge dans quelques pays d'Asie de l'Est.[49] Mais, revers de la médaille, ces résultats exceptionnels sont surtout obtenus par des élèves issus de familles aisées sur le plan socio-économique. Les enfants de familles défavorisées sont quant à eux tout aussi mauvais qu'à l'étranger.[50] Un demi-siècle après la démocratisation de l'enseignement, le niveau de formation reste toujours très déterminé par la classe sociale.[51] C'est pourquoi la différence entre élèves forts et élèves faibles est très grande en Flandre. En outre, le fossé entre autochtones et allochtones n'est, dans aucun autre pays industrialisé, aussi large qu'en

---

49 *De Standaard*, 21 mai 2008.

50 *Klasse / Voor Leerkrachten*, 1er février 2002.

51 Dirk Jacobs et Andrea Rea, *De jonge Brusselaars, tussen verscheidenheid en tegenspoed : enquête bij de laatstejaars van de scholen van de Stad Brussel*, Studio Bruxelles, 8, 3, 2007, p. 1-20.

Flandre.[52] Par ailleurs, des données récentes montrent qu'un Flamand sur cinq est quasi illettré.[53]

En Belgique, tout comme aux Pays-Bas, la société s'est développée de façon parallèle, non pas selon les schémas Flamand/Wallon, catholique / libre-penseur ou socialiste / libéral – les vieilles lignes de fracture du pays – mais bien selon l'opposition entre très scolarisé et peu scolarisé. Une nouvelle fracture sociale est en train de se dessiner et la formation semble jouer dans ce processus un rôle déterminant. Cette ligne coïncide dans une large mesure avec celles tracées par des paires telles que matérialiste/post-matérialiste, autoritaire/libertin, nationaliste/cosmopolite.[54]

C'est ce qui ressort déjà d'une enquête à propos des prénoms favoris : dans l'enseignement secondaire général, on rencontre plutôt des Charlotte et des Thomas, tandis que dans l'enseignement professionnel, on s'appelle plus facilement Kelly et

---

52 *Grote prestatiekloof tussen autochtone en allochtone leeringen, De Morgen* online, 19 juin 1008 ; Dirk Jacobs, Andrea Rea et Laurie Hanquinet, *Prestaties van de leerlingen van buitenlandse herkomst in België volgens de PISA-studie*, Fondation Roi Baudouin, Bruxelles, 2007.

53 *Knack*, 23 avril 2008 ; *Belga*, 4 décembre 2007 : *De Tijd*, 8 septembre 2006.

54 Pour un matérialisme post-matérialiste, voir : Ronald Inglehart, *The Silent Revolution : Changing values and political styles among Western publics*, Princeton University Press, Princeton, 1977. Libéré, autoritaire : Kees Aarts et Jacques Thomassen, *Dutch voters and the changing party since 1989-2006, Acta Politica*, 2008 (sous presse). Le double concept cosmopolites-nationalistes, m'a été inspiré par Mark Bovens, d'un essai encore inédit : *Een nieuwe scheidslijn in de Nederlandse politiek*.

Kevin.[55] Non que certains noms vous prédestineraient à une formation de coiffeur ou de soudeur. Cela signifie simplement que l'enseignement en Flandre perpétue l'inégalité : les parents de Kelly et de Kevin n'ont pas été, eux non plus, à l'université.

Quand Charlotte et Thomas font leurs premiers voyages, ils le font dans des camps du mouvement de Jeunesse où, outre l'art de camper et de lire des cartes, ils engrangent un tas d'aptitudes sociales. Plus tard, ils prendront leur sac à dos et traverseront la France ou l'Italie ; un peu plus tard encore, ils verront la Malaisie ou l'Afrique du Sud. Et, une fois qu'ils auront des enfants, ils repartiront pour la France ou l'Italie, où ils loueront une petite maison. Kelly et Kevin ne comprennent pas pourquoi certains veulent à tout prix dormir sous tente et tout découvrir par eux-mêmes. Les vacances signifient pour eux la récompense d'une année de dur labeur. Donc, tout doit être décontracté et aussi organisé que possible. Un vol charter, un forfait vacances, un hôtel avec piscine, à la Riviera turque ou espagnole, ça, pour eux, ce sont des vacances !

Thomas étudie le néerlandais. Il aime se rendre à des concerts pop avec des copains. En Belgique, cela arrive à un universitaire sur dix, alors que pour les peu scolarisés la proportion est d'un sur cinquante. La musique dont Thomas raffole fait fuir Kevin. *Zita Swoon* ? *dEUS* ? Qu'on ne lui en parle pas ! Qu'on lui serve plutôt du *Sylver* ou du *Milk Inc* ou, plus tard, lorsqu'il aura quelques années de plus, *Lotti goes*

---

55 *Waarom zitten Kelly en Kevin verdomme in het BSO ?*, *Klasse / Voor Leerkrachten*, 3 octobre 2005.

Latin. Mais ce qui déclenche chez Kevin une émotion sincère n'est pour Thomas qu'un kitsch ridicule. Grosse erreur ! Thomas écoutera d'abord *StuBru*, l'émetteur alternatif pour les jeunes ; une fois passée la trentaine, il mettra plus souvent *Radio 1*. Et encore vingt ans plus tard, il prétendra lors de réceptions, que seul le poste de musique classique *Klara* vaut la peine. Kevin ne recherchera jamais de son plein gré l'un de ces postes. À son travail – il bosse au service vert de la commune – la radio est toujours branchée sur *Donna* ou *Radio 2* ; et aussi, ces derniers temps, beaucoup sur *Q-Music*. Son quotidien est *Het Laatste Nieuws*, avec toutes ses pages sportives ; avec, de temps à autre, le portrait d'une belle femme et, pour le reste, rien de bien gai dans le monde, ni même ici où, deux villages plus loin, il y a eu cet adolescent de quinze ans qui s'est fait tripoter par un gros lard ! Le *Standaard*, une seule fois qu'il a essayé de le lire : un vieil exemplaire dans la salle d'attente du médecin de famille. Rien à cirer ! Parfois aussi assommant que la télévision. Et dire qu'il y a des gens, le soir, après une harassante journée de travail, pour regarder encore ce genre de conneries sur Canvas ! Et ces films stupidement lents ! Tout ça avec notre fric, l'argent du contribuable ! Kevin choisit VTM, VT4 ou *Eén*, surtout si on passe encore les présélections pour l'Eurovision de la chanson. Car Kelly aime les regarder. Cette Kelly quand même : Depuis quand déjà sont-ils mariés ? Pour répondre à cette question, il n'a qu'à jeter un coup d'œil sur le haut de son bras droit ou du sien ; c'est là que se trouve tatouée la date du jour de leur mariage, avec, à côté, les deux signes chinois pour *Eternity*. Oui, ce mandarin, ils le traduisent à tous les coups en anglais.

Kelly passe pour une belle femme, du moins dans son milieu. Les chances pour que Thomas, avec tous ses diplômes, eût pu entamer avec elle une liaison, sont quasi nulles. Pour sa part, elle ne comprend pas que tous ces érudits aient un air si pâle, avec leur corps si maigre et leurs stupides petites lunettes. Et qu'ils préfèrent de loin une *station wagon* discrète ou une Citroën DS vermoulue, à une si chouette bagnole, faite pour l'aventure. Allez comprendre ça ! Sur le bas du dos, elle s'est fait mettre un *tribal tattoo*. Elle en est très fière. Heureusement, elle ne sait pas que Thomas et ses amis appellent cela un « bois de cul ». Kelly ne sait pas non plus qu'elle a statistiquement plus de chances de rencontrer des problèmes de santé chroniques que Thomas et Charlotte.[56] Quand Thomas déambule dans une rue commerçante, il lui arrive de fantasmer secrètement au sujet d'une Kelly, une « vulgaire pouffiasse », comme la définirait Charlotte – mais cet intérêt relève davantage de l'ethnographie que du romantisme, un peu comme quand il se demande comment ce serait avec une Marocaine.

Non, alors plutôt Charlotte, qui vient entre-temps de décrocher son diplôme en biologie médicale. Elle ne comprend pas que tant de gens puissent trouver l'humoriste Geert Hoste si comique. Elle a un jour

---

56 Peter Hertog, *Hoog- en laaggeschoolden leven elk in een andere wereld* : Koen Pelleriaux sur les nouvelles inégalités sociales, *Doen*, 2001, p. 4-7, http://users.pandora.be/arseen.de.kesel/o1hoogla.htm#DOSSIER

enregistré pour une fête les chansons mélos de Laure Lynn : à mourir de rire ! Du pur kitsch. Mais n'avons-nous pas, nous aussi, appris à apprécier André Hazes ? Un article hilarant à son propos a un jour paru dans l'hebdomadaire *Humo*, qu'elle achète chaque semaine. Chez le coiffeur, elle feuillette *Dag Allemaal*. En vingt secondes, elle l'a expédié. Elle ne connaît même pas la moitié des « Flamands Connus » (*Bekende Vlamingen*). Alors, elle regarde autour d'elle. Elle a envie de demander à la coiffeuse ce que font ces caractères chinois, là, près de son épaule.

3

Des Clichés ? De l'exagération ? Peut-être, mais le modèle concorde avec la réalité. Aux Pays-Bas aussi, on observe l'opposition entre, d'une part, le camp VPRO-NRC-Radio 4 et, d'autre part, le camp SBS6-Telegraaf-Radio538. Du point de vue politique, GroenLinks et D66 s'opposent diamétralement à Wilders et Verdonk.

Le sociologue Koen Pelleriaux a consacré une brillante thèse de doctorat à cette scission. Il a analysé les sentiments de relégation – imaginaires ou non – auprès des élèves flamands du degré moyen et il en a conclu qu'il existe un fossé important entre l'enseignement secondaire général et les écoles techniques et professionnelles.[57]

---

57 Koen Pelleriaux, *Democratie en burgerschap : de culturele constructie van ongelijkheid in de kennismaatschappij*, VUB-Press, Bruxelles, 2001.

D'une part, il a vu des jeunes qui envisagent l'avenir avec confiance : des jeunes cosmopolites curieux de ce que le monde pouvait leur offrir. D'autre part, il a rencontré de la méfiance, du cynisme, du négativisme et de la xénophobie : ce sont, en gros, les normes et les valeurs qui caractérisent l'électorat des partis populistes.[58] Il a vu également se refléter cette fracture dans les préférences dans les domaines de la musique, de la télévision et des médias. Il s'agit là vraiment de sous-cultures très homogènes qui déterminent qui on est et ce que l'on pense. Et le type d'école que l'on fréquente s'avère être d'une importance déterminante pour la future attitude dans la vie. Dans les écoles techniques et professionnelles règne un sentiment de relégation et d'inégalité. La suspicion y est plus importante que la curiosité. Ce qui n'est pas le cas dans l'enseignement secondaire général. La démocratisation de l'enseignement a créé non seulement des chances mais aussi de la rancune. Mark Elchardus et Bram Spruyt ont récemment constaté que la fréquentation de l'enseignement supérieur ne change plus aussi drastiquement les choix politiques.[59] Bref, le modèle global du comportement électoral, populiste de droite ou pas, est déjà fixé avant qu'on ait atteint l'âge d'exercer le droit de vote.

Il ne s'agit pas nécessairement ici de différences socio-économiques ou cognitives – il y a dans les

---

58 Billiet et al., voir la note 28.

59 Mark Elchardus et Bram Spruyt, *Does higher education influence the attitudes with regard to the extreme right ?*, document de conférence 2007, http://www.vub.ac.be/TOR/main/publicaties/downloads/t2007_36.pdf

écoles techniques assez de jeunes gens intelligents nés de parents fortunés – mais d'un conflit culturel, une différence de vision du monde. Et c'est précisément ce qui rend les choses si tenaces. Les élèves peu scolarisés sont majoritaires mais ils ont le sentiment sincère d'appartenir à une minorité discriminée.

En outre, le clivage augmente.[60] Un des meilleurs baromètres pour mesurer la mixité sociale est l'« internuptialité » : dans quelle mesure les personnes issues de groupes différents contractent-elles des mariages (ou des relations durables) entre elles ? L'endogamie et l'exogamie ont existé de tout temps. Ce qui est neuf, c'est qu'aujourd'hui, le niveau de formation est devenu le critère le plus important. Il y a un demi-siècle, il était inconcevable en Flandre qu'un catholique épouse une socialiste (et vice versa), mais qu'un médecin épouse une infirmière était un phénomène très courant. Aux Pays-Bas, on disait : « Deux croyances sur le même oreiller, c'est le diable qui est réveillé ». Mais deux diplômes équivalents sur le même oreiller, voilà ce qui semble être devenu la norme. Des sites de rendez-vous sur internet indiquent explicitement quand ils sont destinés à des personnes très scolarisées. Manifestement, cela inspire confiance. La formation constitue un premier filtre, crucial, dans le choix du partenaire, davantage que la classe sociale ou la religion. Les personnes très scolarisées se sentent bien ensemble. Souvent leur monde est bien plus petit que ne le laisse supposer leur cosmopolitisme. Aux Pays-Bas,

60 *Klasse / Voor Leerkrachten*, 3 octobre 2005.

les journées du célibataire du *Volkskrant* étaient un lieu de rencontres pour universitaires célibataires. Entre temps, le lien entre comportement médiatique et le choix d'un partenaire est évident : les journaux font les gros titres mais aussi des couples attitrés, beaucoup plus qu'au temps des coûteuses petites annonces imprimées. *Parship* met presque chaque jour des annonces sur les *websites* du *Standaard* et du *NRC Handelsblad*. Ils sont là pour ce qu'ils appellent des « célibataires sérieux » ; pour l'essentiel, ils assortissent des personnes très scolarisées à d'autres personnes très scolarisées. Le journal *nrc.next* a fait un *marché* avec le site de rencontres *Paiq* ; sous le nom *next.lover*, ce journal dispose à présent de son propre site de rencontres digital. L'ordinateur compare les profils de célibataires et les présente les uns aux autres. Les personnes ayant des niveaux de formation comparables enregistrent de meilleurs résultats. C'est ainsi que les murs entre très scolarisés et peu scolarisés ne cessent de s'élever. En attendant, les mariages « mixtes » sont devenus une denrée rare.

Si l'on examine des lignes de fracture plus anciennes, on constate que celles-ci sont beaucoup plus institutionnalisées que celle qui sépare aujourd'hui les personnes très scolarisées des peu scolarisées. Les piliers socio-économiques et confessionnels possédaient leurs propres organisations (syndicats, organisation des loisirs, mouvements de jeunesse, mutuelles, etc.) et accompagnaient la vie de l'individu de la naissance jusqu'à la mort. Toute la société civile était structurée d'après ces lignes de rupture. C'est beaucoup moins le cas maintenant : à part quelques sites de rencontre exclusifs, les très scolarisés ne possèdent aucune institution propre. À moins que, quand même ? Pelleriaux a remarqué à juste titre qu'en Belgique, la société civile avait été entre-temps remplacée en grande partie par des personnes très scolarisées. Le sommet du mouvement ouvrier chrétien est entièrement composé d'universitaires. Les mouvements de jeunesse, qui restent extrêmement populaires en Flandre, même celui de la « jeunesse ouvrière catholique aux études » sont davantage prisés par les jeunes de l'enseignement général que par ceux de l'enseignement professionnel.[61]

Les personnes peu scolarisées ne constituent pas seulement une nouvelle classe dans notre société du savoir, mais de plus, c'est à peine si elles sont organisées. Ce n'est cependant pas une raison pour minimiser l'importance de cette rupture mais, au contraire, pour nous soucier davantage d'elle ! Les ouvriers et les femmes pouvaient, dans le passé, se dresser plus facilement contre l'injustice. Ils savaient qu'on les reléguait au bas de l'échelle parce qu'ils étaient des travailleurs ou des femmes ; cela a mobilisé leur résistance. « Mais, dans la société du savoir », dit Pelleriaux, « il est impossible de protester. On ne peut pas dire : vous êtes mis sur la touche parce que vous n'avez pas eu de bons résultats au cours de vos études. L'inégalité n'est pas ressentie comme une inégalité collective mais comme un manque individuel. »[62] L'échec,

61 Koen Pelleriaux dans un interview avec Piet Piryns et Hubert Van Humbeeck, *Knack*, 25 juillet 2001.

62 Idem.

tout comme la réussite, est devenue une affaire personnelle. Au lieu de protester collectivement, quantité de personnes peu scolarisées préfèrent se réfugier dans la douce ambiance du réseau télévisé commercial ou dans les divertissements qu'offrent des vacances à la plage. Et s'il faut, toutes les x années, aller voter, ils savent en faveur de quoi : un discours bien reconnaissable, avec des réponses claires ; pas nécessairement pour quelque chose qui combat l'inégalité dont ils sont victimes. Ceux de la *Liste Dedecker* l'ont bien compris : ils font du racolage auprès des vieillards en hibernation à Benidorm.

Il s'agit donc ici d'une nouvelle ligne de fracture dans notre société, d'un fossé culturel. On le constate dans toutes sortes de domaines. En politique, le vieil antagonisme entre la droite et la gauche n'est plus à même d'expliquer le comportement de l'électeur ; le fait que ceux-ci passent massivement (et sans transition !) d'un parti socialiste progressif à un parti conservateur d'extrême-droite se comprend mieux si on tient compte du niveau de formation.

Les médias aussi sont conscients de cette nouvelle ligne de séparation. L'émetteur public flamand parle de chaînes « élargissantes » et « approfondissantes »; en réalité, elles desservent respectivement des personnes peu et très scolarisées. Dans le domaine artistique, la prise de conscience de ce fossé est très récente. La fascination des personnes très scolarisées pour le camp d'en face transparaît dans l'enthousiasme suscité par les films des frères Dardenne, les romans de Dimitri Verhulst, les photos de Stephan Vanfleteren et le théâtre d'Arne Sierens : l'élément populaire est ressenti comme plus authentique que la propre sous-culture. Aux Pays-Bas, les diplômés universitaires se passionnent pour André Hazes (La variante « polder » du blues !), pour Frans Bauer (précédemment habitant une caravane, à présent propriétaire de villa) et les Tokkies (une famille d'« asociaux » amstellodamoise qui existe vraiment et qui a fini par devenir célèbre dans tout le pays). Mais quand on ose franchir véritablement le pas, on commet une trahison envers le peuple – ou plutôt envers l'élite. Demandez donc à Dirk Tieleman, journaliste à la télévision flamande, ou au poète néerlandais Bart Chabot, qui ont participé dans leur pays à *Sterren op het ijs*. Ils n'ont rencontré que calomnie, moquerie et aversion, comme s'ils avaient vendu leur âme au diable ! Naguère, dans un passé lointain, un catholique pouvait entrer plus facilement dans une Maison du Peuple – et pis encore : dans un bordel – qu'un intellectuel ne peut aujourd'hui être vu en chair et en os dans un programme de divertissement sur un poste commercial. Il vaut beaucoup mieux chanter avec les autres sur le « dégoutant téléspectateur de VTM » et se moquer de la « classe tatouée ».[63] L'homme qui a abattu Pim Fortuyn avait suivi des études en environnement à l'université de Wageningen et il possédait toute sa raison. Voilà un dénouement tragique qui illustre le conflit entre élitistes et populistes.

---

63 Ces paroles proviennent de la chanson *Hé hé* de Jan De Wilde et d'un essai de Jos de Beus dans NRC *Handelsblad* du 31 octobre 2006. De Beus ne l'utilisait que dans un sens descriptif.

Constatation frappante, l'élite se sent menacée par la masse, alors qu'en réalité, elle regagne du terrain. Pendant des années, la côte belge a représenté l'endroit de prédilection des personnes peu scolarisées, du moins pendant l'été (cf. *supra* : Middelkerke). En l'an 1900 de notre ère, la bourgeoisie et l'aristocratie découvraient les bienfaits de la baignade, mais après la Seconde Guerre mondiale, la classe ouvrière a commencé à s'adonner au tourisme à la côte. Mes grands-parents louaient une petite maison de vacances à Klemskerke. Le programme de chansons *Tien om te Zien* a lieu depuis des lustres sur la digue de Blankenberge. Mais depuis quelques années, les élites ont entamé une véritable *reconquête* de la côte. Se promener en amoureux sur la plage pendant l'automne ne suffit plus aux yeux du hautement scolarisé. En plein été, des projets culturels tels que *Literaal* (littérature), *Beaufort* (arts plastiques), *Theater aan Zee* (podium), *Dansand* (danse contemporaine) et *Freespace* (art conceptuel) sont là pour supplanter le trivial tourisme du littoral. De nouveaux musées poussent comme des champignons.[64] On ne sait pas toujours à quel public s'adressent ces activités. Les fabuleux éléphants en bois d'Andreas Botha sur la plage de La Panne ont rencontré – curieusement – un très vif succès, autant auprès des jeunes que des moins jeunes et autant chez les personnes très scolarisées que chez les peu scolarisées.[65] Mais une telle connivence demeure exceptionnelle.

Les initiatives qui visent explicitement à franchir le fossé culturel sont extrêmement rares. Ainsi,

64 *De Standaard*, 10 juin 2008.

65 *De Morgen*, 28 septembre 2006.

la radiotélévision flamande essaie d'injecter des éléments culturels dans des programmes visant le grand public, comme *Het Journaal* et *De rode loper*. *Man bijt hond* réussit depuis plus de dix ans à réunir devant le poste de télévision des gens issus de toutes les classes sociales, et ce à l'heure d'écoute maximum. Et s'il reste à voir si le concert pour la tolérance 0110 est effectivement arrivé à freiner le *Vlaams Belang* dans sa marche vers le pouvoir, ce fut en tout cas un défi social de taille de programmer ensemble *DEUS* et Arno en même temps que Laura Lynn, Helmut Lotti et Clouseau. Aux Pays-Bas, on peut penser au rôle médiateur de Barend en Van Dorp et *De wereld draait door*. Le canon national tente de rappeler au pays entier, scolarisé et non scolarisé, autochtone et allochtone, quelques points chauds historiques. Et quelques journaux gratuits agissent de manière responsables eu égard à leur immense portée et essaient de rendre passionnant ce qui est important et important ce qui est passionnant. Toute société tire profit d'expériences partagées. Jadis, en vertu du service militaire obligatoire, les hommes de tous les rangs et de toutes les classes dormaient dans le même dortoir. Maintenant, c'est à peine si on connaît encore des gens de l'autre côté de la ligne de démarcation.

4

Comme la nouvelle ligne de fracture sociale est surtout de nature culturelle et éthique, elle semble à première vue moins importante. Celui qui quitte aujourd'hui l'école professionnelle en tant que plombier peut parfois gagner davantage qu'un médecin de famille fraîchement diplômé. Le peu scolarisé de l'an 2008 est tout aussi bien un défavorisé qui émerge à l'Aide sociale que cette poupée blonde qui vous dépasse sur l'autoroute avec sa SUV. C'est pourquoi, pour les hommes politiques progressistes, il est plus difficile de se préoccuper du sort d'un peu scolarisé, surtout quand les conceptions morales de ce dernier sont en contradiction flagrante avec celles des progressistes. La fraternité évidente entre l'intelligentsia de gauche et le prolétariat s'est maintenue aussi longtemps qu'on a eu à faire à des travailleurs assistés, dans les quartiers populaires du pays. Mais elle s'évapora bien vite lorsqu'on vit le même travailleur danser une polonaise à Marbella dans une taverne exploitée par des Anversois et dénigrer les « macaques » de son quartier.

Pour le socialiste, l'ouvrier émancipé est devenu une espèce de monstre de Frankenstein qui s'est retourné contre son créateur dès qu'il a pu se tenir sur ses propres jambes. En guise de réaction, la gauche se préoccupa d'un nouveau groupe de nécessiteux, plus délaissés encore : les migrants. Et ce tournant scella pour de bon le divorce entre l'élite et le prolétariat autochtone. Le fait que, par la suite, une nouvelle génération de socialistes reprocha aussi à l'ouvrier autochtone un comportement raciste pour avoir osé émettre des observations critiques à propos de l'idéal multiculturel, provoqua une véritable désertion.[66] Les

---

66 Rinke van den Brink, *In de greep van de angst : De Europese sociaal-democratie en het rechts-populisme*, Houtekiet, Anvers-Amsterdam, 2005.

villes et les communes rouges de Flandre prirent une couleur noire à partir des années 1990. À la différence des Pays-Bas et de leur SP, le travailleur peu scolarisé n'avait plus rien à chercher à gauche. Les socialistes et, surtout, les verts, étaient dorénavant peuplés de « messieurs et dames » avec un diplôme.

Quel contraste par rapport à une situation encore assez récente ! Jadis, le socialisme se préoccupait de l'émancipation de l'ouvrier, aussi bien matérielle que spirituelle. Outre une retraite décente, l'ouvrier eut aussi accès à Tolstoï, à Brecht et à Eisenstein. Il y avait des cours sur Marcuse et Gramsci, ainsi que des soirées de cinéma autour de Fellini et de Kubrick. L'éducation à la culture constituait une mission essentielle de quasi chaque pilier. Le but était l'élévation du peuple : les ouvriers étaient formés à devenir des citoyens adultes, dotés d'une capacité de jugement propre.[67] Mais quelques décennies de relativisme, à la fin du siècle dernier, ont balayé cet engagement. De quel droit les plus scolarisés, se demanda-t-on, imposent-ils leurs choix culturels et éthiques à la classe inférieure ? Tout ceci ne menait-il pas à une colonisation idéologique du prolétariat ? L'ouvrier, vu surtout sa prospérité accrue, n'était-il pas devenu capable de décider lui-même de ce qui était bon ou ne l'était pas ? Faire une distinction entre haute et basse culture, quelle prétention !

67 En Flandre, par exemple, chaque colonne avait sa propre association culturelle : le Fonds Davids pour les catholiques, le Fonds Vermeylen pour les socialistes et le Fonds Willems pour les libéraux. Aux Pays-Bas, les différentes confessions ont même leurs propres diffuseurs.

À ce moment-là, le mouvement socialiste a laissé tomber l'ouvrier autochtone. Les craintes déplacées de l'élite culturelle se sont développées au moment même où les médias commerciaux poussaient comme des champignons et cherchaient avidement à s'attirer la faveur des peu scolarisés. Le relativisme culturel a ainsi offert ceux-ci en cadeau au marché bien avant que ne fut terminé le processus de leur émancipation culturelle. Et comme ce processus ne s'est jamais achevé, c'était un effort permanent qui était requis au lieu d'un laxisme tout enrobé de modestie. De nos jours, la négligence intellectuelle est à l'avenant. Car tandis que de jeunes universitaires ne cessent pas de zapper joyeusement entre Pärt et les Pfaff, et s'émerveillent devant tant de variations, aucun ouvrier d'usine en Flandre ou aux Pays-Bas ne saura jamais pourquoi le compositeur estonien est plus pertinent que *De notenclub* et encore moins pourquoi la formation intellectuelle peut améliorer son destin.

Pour les peu scolarisés, le fossé ne fit que se creuser et le lien avec le mouvement ouvrier classique devint de plus en plus lâche. Gabor Steingart, rédacteur au *Spiegel*, a écrit ce qui suit sur le sujet :

> « Même si le prolétariat contemporain vit plus aisément qu'auparavant sur le plan matériel, il affiche néanmoins une moins bonne forme. L'ouvrier nécessiteux de jadis avait quelque chose qui lui manque aujourd'hui : il savait qui était son ennemi ; il avait une identité de classe ; il avait souvent une culture bien développée. Il chantait des chansons, livrait ses combats politiques, fondait des associations

et adulait des théoriciens sociaux, même s'il ne les comprenait pas complètement. Considéré avec la sobre clarté du regard rétrospectif, le pauvre d'antan était un sujet dans l'Histoire. Mais le pauvre de nos jours, dans une Europe unie, n'est jusqu'ici guère plus que la victime des circonstances. Et tandis que son prédécesseur se trouvait en marge de la société, il se retrouve, lui, en dehors. »[68]

Des exclus dans la société, et encore plus totalement dans le monde politique.

5

Pour comprendre le populisme, il ne suffit pas de renvoyer à la démocratie des diplômés. Il est au moins tout aussi nécessaire d'avoir une bonne compréhension de la nouvelle ligne de fracture sociale. Si nous voulons quelque peu maîtriser les forces centrifuges qui sont à l'œuvre dans la société, nous devons de toute urgence accorder une plus grande attention au fameux fossé culturel. Il nous faut davantage de personnes peu scolarisées au parlement : c'est sûr. Mais il convient aussi d'offrir à ces dernières une formation valable. Cela vaut certainement pour l'enseignement aux Pays-Bas mais tout autant pour l'éducation à la culture en Flandre.

68 Gabor Steingart, *Weltkrieg um Wohlstand : Wie Macht und Reichtum neu verteilt werden*, Piper, Munich, 2006. Paraphrase en anglais : http://www.spiegel.de/international/0,1518,442649.00.html

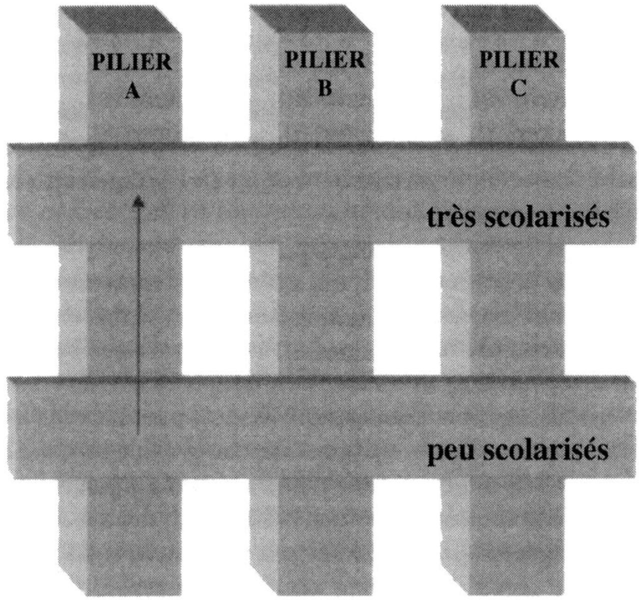

Au temps de la « pilarisation », les très scolarisés et les peu scolarisés dialoguaient entre eux. Si le pilier A était la famille catholique, un paysan de province non scolarisé pouvait s'adresser au curé de son village qui, à son tour, en parlait à l'évêque, lequel se mettait alors en rapport avec un professeur d'université, ou avec un président du syndicat ou encore un député. Les griefs, politiques, les désirs, les idéaux allaient et venaient au sein du pilier. La fin de ce système a élargi de façon gigantesque le fossé entre très et peu scolarisés. Les partis populistes franchissent encore quelque peu ce fossé ; ils ont souvent des chefs très scolarisés et un corps électoral peu scolarisé, comme c'était le cas pour les piliers de jadis.

Celle-ci ne doit surtout pas être paternaliste comme c'était si souvent le cas jadis, ni exclusivement popularisante, comme c'est la norme aujourd'hui. L'émancipation du peuple n'est pas une honte mais une évidence, une sorte de formation civile permanente, de l'école primaire à l'information culturelle en passant par l'enseignement pour adultes. Tout État de droit en a besoin.

L'élite culturelle qui se sent menacée par la vengeance de la populace[69] fait bien, par conséquent, de penser un peu plus loin. En fin de compte, c'est une élite administrative très scolarisée qui a imposé une économie de marché très poussée ; ce sont des universitaires qui ont insisté sur la nécessité d'une profonde libéralisation de l'État-nation ; ce sont des doctorants qui se sont réjouis de la privatisation de quantité de services publics ; ce sont des experts de l'éducation parmi les plus brillants qui ont méchamment dépouillé l'enseignement aux Pays-Bas ! Alors, cette élite n'a aucune raison de se lamenter si le peuple devient si, euh, populaire... Celui qui ramène l'esprit civique au pouvoir d'achat, et l'école à un terrain de jeux, sait bien ce qu'il va récolter : des parvenus !

Je comprends le sentiment de perte dont souffrent les gens cultivés et diplômés – aux Pays-Bas, je le perçois même plus fortement qu'en Belgique, probablement parce que, là-bas, dans les années 1990, l'État a encore plus été bradé qu'ici. Mais il nous faudra être plus créatifs dans notre recherche des

69 Titre de l'entretien avec Cyrille Offermans, *De Morgen*, 4 juin 2008.

solutions qu'en appelant au « dédain traditionnel sans concessions » envers tous ceux qui menacent notre érudition chérie.[70] Du dédain, nous n'en manquons pas. Notre combativité devra être généreuse et non défensive. Nous pouvons gamberger très longtemps sur le déclin du journalisme de qualité, mais nous pouvons aussi dire : « Et maintenant, je vais m'adresser aux personnes peu scolarisées et écrire une carte blanche pour *De Telegraaf*. Avec pour titre et devise : *Cessez de pleurer, et foncez !* »

Si l'on veut encore quelque peu contribuer à combler le fossé de la scolarisation, il importe de susciter de nouvelles rencontres entre très et peu scolarisés, tant pour les jeunes que pour les adultes. Nous ne sommes qu'au début. N'empêche que, sur le plan local, nous constatons des initiatives prometteuses qui échappent souvent à la politique de parti. De nouvelles formes de travaux de quartier rassemblent des gens qui ne s'étaient plus adressé la parole depuis vingt ans. La trépidante fête de quartier, qui a lieu tous les ans dans ma rue, à Bruxelles, porte ses fruits pour le reste de l'année. Et dans mon village natal, les voisins organisent depuis peu un barbecue annuel. Certains s'y parlent pour la première fois depuis qu'ils sont venus habiter là, il y a un quart de siècle. Les très et les peu scolarisés se rencontrent également dans le cadre des activités pour la jeunesse. Tout cela est d'une valeur inestimable.[71]

---

70 Désanne van Brederode, *Modern dédain*, Querido, Amsterdam, 2006, p. 47.

71 Marc Hooghe a souligné à juste titre que la participation à la vie de club ne débouchait pas nécessairement sur des idées

Cependant, les barbecues et les fêtes de quartier ne feront jamais disparaître entièrement le populisme obscur. Malgré la saveur des sauces, malgré la gaieté du quartier, la rancune, inévitablement, se mobilisera toujours plus facilement que la satisfaction. La « culture du mécontentement » a toujours fait plus d'adeptes que la « culture du contentement »[72]. Bref, il nous faut revenir au populisme en tant que phénomène de politique de parti.

---

politiques plus clémentes. Il y a simplement des clubs de cartes où le racisme est endémique. Marc Hooghe, *Sociaal kapitaal in Vlaanderen : verenigingen en democratische politieke cultuur*, Amsterdam University Press, Amsterdam, 2003.

72 Je crois que Ter Braak était plus précis que J.K. Galbraith dans *Culture of Contentment*, Houghton Mifflin, Boston, 1992.

LE POPULISME
EN TANT QUE DÉMOCRATIE

1

« Nous sommes à nouveau en train de nier complètement que le peuple aussi peut être rebelle », écrivait le politologue Alain Garrigou dans *Le Monde diplomatique* après le « *non* » français à la Constitution européenne. Il distinguait un parallélisme entre la façon dont, en mai 2005, des commentateurs avaient reproché au peuple son ignorance et celle dont l'élite, à la fin du dix-neuvième siècle, considérait la masse avec mépris ; à l'époque déjà, on disait que le peuple était irrationnel, irascible et mal informé : « Sur ce point, le référendum aurait mieux fait de susciter quelque réflexion plutôt que d'engendrer la colère », conclut Garrigou.[73]

73 Alain Garrigou, *Un air de contre-révolution, Le Monde diplomatique*, janvier 2006.

À certains égards, la critique du populisme d'aujourd'hui est comparable à celle du socialisme d'il y a plus d'un siècle. Dans les deux cas, l'élite politique et sociale européenne a réagi avec une extrême réserve face à un mouvement de rébellion populaire. Dans les deux cas, on a trouvé que la populace n'avait pas été informée mais bel et bien trompée par ses dirigeants. Dans les deux cas, on a craint que les hordes révolutionnaires n'entraînent le déclin de la civilisation. Dans les deux cas, on a voulu domestiquer ce peuple récalcitrant en lui enseignant la morale, en le « moralisant », comme on disait alors, ou « en communiquant mieux » avec lui, comme on dit aujourd'hui. Dans les deux cas, on ne s'est demandé qu'après un temps considérable si certains griefs du peuple n'étaient pas fondés. Ce ne fut que très tardivement que l'on discerna, à travers ce qu'on croyait être caprice et déraison, un bien légitime cri de détresse.

Quelle est la différence entre Karel De Gucht, lequel définit le populisme comme une « moisissure tenace qui refait sans cesse surface » et le pape Léon XIII, qui taxait le socialisme de « fléau mortel qui dévore la moelle de la société humaine » ?[74] Il n'y en a aucune, si ce n'est que, par la suite, le même Léon XIII se consacra à l'ouvrier en écrivant sa très importante encyclique *Rerum Novarum*, tandis que De Gucht a haussé les épaules devant la peur, la colère et le mécontentement des personnes peu scolarisées. Quelle est la différence entre l'affirmation selon

74 Dans l'encyclique *Quod Apostolici Muneris* (1878), citée dans André Piettre, *Les chrétiens et le socialisme, des origines à demain*, France-Empire, Paris, 1984, p. 43.

laquelle le populisme est une « forme pubertaire de la démocratie, sans limites, sans règles, sans responsabilités »[75] et ce que le libéral britannique Richard Holt écrivit après la Révolution d'Octobre : « Et quel monde sera-ce pour y vivre ? Pour la classe à laquelle nous appartenons, les choses se présentent mal. Nous verrons très vraisemblablement toutes sortes d'expérimentations étranges, menées par la classe plus pauvre au nom de l'égalité. »[76] De Gucht établit lui-même le rapport direct avec la Révolution en question, lorsqu'il commence son livre intitulé *Pluche* par un clin d'œil adressé à Marx et Engels : « Un spectre hante l'Europe, c'est le spectre du populisme. » Mais alors que ce fantôme jouissait de la sympathie, voire de l'affection des auteurs du *Manifeste communiste* (puisqu'il s'agissait du communisme), De Gucht rejoint, sans esprit critique, « les puissances de la vieille Europe qui se sont unies dans une sainte traque de ce spectre », comme le dit la phrase qui suit. Bref, quelle est la différence entre cette moderne *chasse aux fantômes* contre le populisme et *la peur du rouge* d'antan ?

Eh bien, il existe une différence très importante. La bourgeoisie de jadis avait davantage le droit de s'effrayer que la couche sociale supérieure actuelle, car la masse qui se réunissait en mouvement ouvrier communiste et socialiste formulait des exigences bien

75 Karel De Gucht, *Pluche : over de banalisering van extreem-rechts*, Houtekiet, Anvers, 2007, p. 32.

76 Cité dans Michael Bentley, *The liberal response to socialism*, 1918-29, dans ; K. D. Brown (ed.) Essays in Anti-Labout History : *Responses to the Rise of Labour in Britain*, MacMillan, Londres, 1974, p. 45.

plus radicales que ne le sont les objectifs à l'ordre du jour des populistes d'aujourd'hui. À l'époque, on parlait de supprimer la propriété privée, de confisquer les biens et les terres, de nationaliser les usines et les entreprises. À l'époque, on se battait pour le droit de vote pour tous les travailleurs. Oui, si l'on n'honorait ne fût-ce qu'une partie de ces revendications, la société que nous connaissons devrait se mettre à chanceler (ce qui, dans le cas du droit de vote, s'est effectivement produit).

Aujourd'hui, il en va différemment. Une proposition aussi grotesque que l'interdiction du Coran est moins inquiétante pour l'élite intellectuelle néerlandaise – encore qu'elle soit à proscrire – que la proclamation d'une révolution qui interdit tout luxe personnel : « Les socialistes au gouvernement », déclarait en 1932 une affiche électorale catholique en Belgique, « c'est la confiscation des épargnes du père de famille par les griffes de l'État. »[77] Cependant, la peur est toujours là et bien ancrée. On reproche toujours aux électeurs populistes la peur devant le monde complexe, globalisant, dans lequel les identités culturelles se trouvent menacées. Mais l'élite culturelle éprouve elle aussi la peur, une peur devant le flot grossissant des populistes qui menacent de fouler aux pieds ses idéaux les plus chers. L'amertume règne dans les deux camps. En termes plus amicaux : des deux côtés, on se bat contre un sentiment de perte généré par la mondialisation. La

---

77 Affiche électorale reproduite dans Pascal Delwit et José Gotovitch (red.), *La peur du rouge*, Editions de l'Université de Bruxelles, Bruxelles, 1996.

personne très scolarisée, d'un certain âge, qui épluche avec amour son arbre généalogique est tout autant occupée à revérifier son identité que la femme de ménage peu scolarisée, qui écoute de préférence des tubes en néerlandais.[78]

Cette élite se voit placée maintenant devant une alternative : d'une part, la préservation des idéaux qui lui sont chers mais qui, malgré toute leur générosité, ne peuvent manifestement pas être appréciés par l'électorat dans son ensemble ; et d'autre part, le maintien des principes politiques neutres de l'État de droit démocratique. Une fois de plus, il s'agit du choix entre gérants d'affaires et représentants du peuple, entre input et output démocratiques. Bref, tout cela revient à savoir si l'on opte pour un despotisme éclairé ou pour un populisme éclairé.

2

Dire que la démocratie des diplômés constitue une forme de despotisme éclairé, c'est peut-être aller un peu trop loin, mais en soi, elle annonce bel et bien une « post-démocratie », un système politique qui présente toutes les caractéristiques d'une démocratie (élections, État de droit, débat public, etc.) mais qui, vu de l'intérieur, en diffère profondément.[79] Dans un tel monde, le

78 Le sentiment de perte ressenti par l'élite n'est essentiellement pas différent que celui ressenti par des personnes peu qualifiées. Les deux sont une conséquence indirecte de la mondialisation : la prise de conscience de la fin d'un ordre mondial connu. L'un craint pour son travail, l'autre pour son érudition.

79 Le terme est relativement nouveau, mais il existe des échanges

mouton électoral n'a qu'à vite fournir le bon vote, et les honorables régents s'occuperont du reste. Lorsque le peuple ne choisit pas ce que le pouvoir a souhaité, comme l'ont fait les partisans du *non* à la Constitution européenne et au traité de Lisbonne, alors on dit que les hommes politiques n'ont pas bien communiqué, ou que les problèmes sont trop complexes pour le peuple, ou encore que le peuple s'est stupidement fait avoir : « Il s'agit d'un véritable coup d'État », déclara l'ancien homme politique et philosophe français André Bellon, « tandis que, en démocratie, les citoyens jugent les responsables, la post-démocratie permet aux responsables de juger les citoyens. » Et de résumer en quelques paroles acérées le fond du problème :

> « La crise qui se développe partout en Occident n'est pas une crise politique traditionnelle par laquelle le peuple fait connaître son mécontentement à l'égard des mesures prises par les représentants du peuple mais elle se présente comme une différence fondamentale de vision : d'un côté, les citoyens veulent être représentés et avoir des porte-paroles politiques ; d'un autre côté, les « élites » pensent savoir ce qu'est le bien commun et se considèrent comme les champions d'un intérêt général évident et quasi intemporel, même si celui-ci nuit à leurs propres concitoyens. »[80]

---

intéressants à ce sujet sur Internet: http://postdemocracy.org/about/ et http://toupie.org/textes/Postdemocracy.htm

80 André Bellon, *Votez bien, ils feront le reste,* Le Monde diplomatique, juillet 2005.

En une telle époque, il convient de se rappeler les sages paroles d'Abraham Lincoln, qui définit la démocratie comme un régime politique « *of the people, by the people, for the people* ».

Le populisme tel que nous le voyons aujourd'hui est la seule réaction, souvent déficiente, du peuple souverain contre l'éclosion d'une telle post-démocratie. Au lieu de l'insulter ou de le nier de façon trop hâtive, nous devons prendre au sérieux le terrain dans lequel il prend racine : le ressentiment envers la démocratie des diplômés et le fossé culturel, et celui-ci n'est rien d'autre que la rancune à propos d'une égalité qui ne se réalise pas. Car, malgré tout son négativisme, le populisme trahit toujours une lueur d'espoir : la volonté des peu scolarisés de participer durablement à l'instauration de la démocratie. En ces temps de désertion du droit de vote, la tâche est loin d'être évidente.[81]

Par le passé, des électeurs populistes se sont montrés utiles en inscrivant à l'ordre du jour du parlement de nouveaux problèmes sociaux. Bien avant que la couche supérieure administrative et intellectuelle n'osât parler d'un drame multiculturel, l'électorat populiste avait déjà attiré l'attention sur les aspects moins reluisants de la problématique

---

81 Par exemple, la Liste Dedecker a réussi, en juin 2007, à convaincre un bon nombre d'électeurs de ne plus voter. (*Post-electoraal onderzoek naar de verkiezingen van 10 juni 2007*, TNS Media TNS Dimarso, septembre 2007). Comment un parti réussit-il à se faire reprocher d'alimenter des positions anti-politiques ? Aux Pays-Bas, la montée de l'échec électoral a été stoppée par la montée de Fortuyn.

migratoire.[82] Non que les solutions proposées eussent toujours été des plus raffinées, mais elles révélaient des « zones d'ombre » dans le discours politique dominant. Ce qui força d'autres partis à prendre position. C'est ainsi qu'apparurent des initiatives, tout comme des solutions alternatives et moins brutales. Dans cette optique, les partis populistes remplissent leur rôle de parti d'opposition.

3

Si le despotisme éclairé n'est pas une option, va donc pour un populisme éclairé ! Mais à quoi s'attendre, alors ? Le populisme ne montre-t-il pas des côtés bien obscurs ? Oui, lorsqu'il essentialise la volonté du peuple. Mais, ici aussi, on peut établir un parallélisme avec le socialisme d'antan. Si la bourgeoisie européenne a cru, au début, que le feu de la Révolution russe embraserait le continent tout entier, on a découvert durant l'entre-deux-guerres qu'il ne progressait pas aussi vite que cela. Même les libéraux britanniques commencèrent à comprendre que, la Révolution n'aurait pas lieu et que le *Labour Party* était aussi gris et insipide que tous les autres partis ».[83]

---

82 Kees Aarts et Jacques Thomassen, *Dutch voters and the changing party since 1989-2006, Acta Politica*, 2008 (en version imprimée).

83 Michael Bentley, *The liberal response to socialism, 1918-29*, dans : K. D. Brown (red.), *Essays in Anti-Labour History : Responses to the Rise of Labour in Britain*, MacMillan, Londres, 1974, p. 46.

Heureusement, les partis populistes le sont aussi ! On peut leur reprocher de souscrire à une définition essentialiste de la volonté du peuple et d'être par conséquent des ennemis de la démocratie mais, à cette fin, il faut adopter une définition essentialiste du populisme qui ne correspond pas à la pratique.[84] Le populisme ne constitue pas l'antipode de la démocratie, mais il en fait partie intégrante. Comme il sied à un mouvement d'opposition, il agit et met à l'agenda, et il est obligé de le faire dans le cadre de l'État de droit démocratique.

C'est pourquoi nous distinguerons deux options : un *populisme démocratique* et un *populisme éclairé*.

4

La peur du populisme est sans fondement lorsque ce dernier suit les principes de la démocratie, à savoir le respect inconditionnel du principe d'égalité, les droits de l'homme, la séparation des pouvoirs et l'État de droit. Dans une démocratie, c'est la majorité qui domine mais, afin d'éviter que celle-ci ne vote démocratiquement en faveur d'une dictature ou d'un génocide, le législateur a prévu certains droits fondamentaux inaliénables. Les populistes doivent s'y conformer. Wilders ne peut pas modifier l'article premier de la Constitution néerlandaise, qui énonce le principe d'égalité.

84 Koen Abts et Stefan Rummers, *Populism versus democracy, Political Studies* 55, 2007, p. 405-424.

Cependant, comme tout grand mouvement politique, le populisme de droite peut se développer d'une phase radicale vers un discours plus modéré. Le socialisme révolutionnaire s'est bien mué en social-démocratie, et le pouvoir ecclésiastique fort antiétatique est devenu la démocratie-chrétienne. De même, l'extrême droite peut évoluer vers la droite radicale.[85] Tous les nouveaux partis populistes qui sont apparus ces dernières années en Flandre et aux Pays-Bas se sont clairement démarqués des idées ouvertement racistes du *Vlaams Blok*, un parti bien plus ancien. Wilders évolue le long du précipice de l'extrême droite mais Pim Fortuyn, Rita Verdonk et Jean-Marie Dedecker sont plutôt des radicaux de droite. Tant Dedecker que Verdonk ont été éjectés du parti libéral. Leur parti représente aujourd'hui bien davantage le flanc droit radical du libéralisme que l'héritage du fascisme. La ligne de fracture qui les sépare des libéraux traditionnels correspond à celle qui existe entre personnes très scolarisées et peu scolarisées, entre cosmopolites et nationalistes.[86]

On constate le même phénomène à gauche, où le SP néerlandais constitue en fait le flanc gauche du PvdA : un socialisme populaire qui s'exprime sur l'Europe et sur le problème migratoire avec moins de lyrisme que ne le fait le PvdA.[87] En Flandre, il n'existe aucun

---

85 Dirk Jacobs et Stefam Rummers, *Wij zeggen wat u denkt : extreem-rechts in Vlaanderen en nieuw radicaal-rechts in Europa, Krisis, tijdschrift voor empirische filosofie*, 4, 2, 2003, p. 41-59.

86 Mark Bovens, *pers. Comm.*

87 Les récentes discussions qui ont eu lieu aux Pays-Bas entre Frans Timmermans (PvdA) et Jan Marijnissen (SP) sur le caractère (in) désirable d'un populisme socialiste portaient précisément sur ce sujet (NRC *Handelsblad*, 31 mai 2008 et suivants).

équivalent du SP, sinon une petite gauche extrémiste. Il serait tout indiqué que l'éventail politique des couleurs – bref, le spectre politique – s'enrichisse en Flandre d'un grand parti populiste de gauche. Pour que la démocratie fonctionne de manière optimale, il faut non pas *moins* mais au contraire *plus* de populisme. Aujourd'hui, les populistes motivés n'aboutissent qu'à droite, alors qu'il existe un fossé entre le SP.A et l'extrême gauche. Davantage de populisme signifie une offre plus diversifiée et une liberté de choix plus importante.

Le fait que certaines promesses électorales soient totalement irréalisables ne peut pas constituer une raison pour maintenir les populistes en dehors. Lorsque Rita Verdonk affirme qu'une fois arrivée au pouvoir, elle règlera en cinq ans le problème des bouchons, eh bien, qu'elle le fasse donc elle-même : c'est au citoyen de la sanctionner aux élections suivantes, si elle n'a pas résolu certaines choses. Quand Yves Leterme promet que le problème de la scission de l'arrondissement Bruxelles-Halle-Vilvorde sera réglé en cinq minutes de courage politique, il n'a qu'à le faire lui-même et qu'ensuite il passe un an à payer les pots cassés !

Les propositions politiques absurdes et les propos vigoureux ne doivent inquiéter personne. Le populisme peut être aussi antiélitiste et anti-establishment qu'il le veut, pour autant qu'il ne soit pas antiparlementaire et antidémocratique. Pour la société, il s'agit d'un enrichissement si les personnes peu scolarisées trouvent dans le spectre politique des partis démocratiques avec lesquels ils ressentent des affinités.

Tout cela ne nous mènera pas toujours au consensus, loin de là, mais cela n'est pas nécessaire. En fin de compte, la démocratie n'est-elle pas rien d'autre que l'institutionnalisation de conflits ? Dans chaque société, il existe des intérêts et des visions du monde divergents, souvent inconciliables entre eux. Chaque pays est une nation arc-en-ciel. C'est le conflit, et non le consensus, qui se trouve au cœur de la démocratie. Le populisme démocratique aide à insuffler une nouvelle vie à ce qui porte la démocratie, à savoir le conflit. La démocratie est un champ de bataille pacifiste. Multatuli le savait déjà : « La décision à la majorité des voix est le droit du plus fort exercé à l'amiable. Il nous dit que, si nous nous battons, nous pouvons gagner... passons-nous de la bataille. Ce système-là ne mène donc pas tant à la vérité qu'à la tranquillité. »[88]

Et ce n'est déjà pas mal ! La démocratie n'est jamais la forme étatique la plus élégante. Si l'élégance est le critère, on pourrait très bien choisir la dictature. La démocratie est, par définition, une perte de temps, un bricolage et un manque d'efficacité. Ce n'est pas grâce à elle que nous obtiendrons un prix de beauté. Mais elle est la seule manière de maintenir tout le monde plus ou moins heureux ou, en tout cas, de ne pas rendre tout le monde tout à fait malheureux. La tranquillité sous la tente, voilà l'objectif !

Si, quelque part, on sait que la démocratie a toujours quelque chose d'un bricolage, c'est bien en Belgique ! Il est instructif de voir comment, par le passé, on a géré les grandes lignes de fracture sociale. Avec beaucoup

---

88 Idée 7.

de patience, beaucoup de concertations, et beaucoup de disputes ainsi que de compromis bricolés, semble-t-il. Le grand conflit entre la gauche et la droite, la ligne de fracture entre socialistes et libéraux a pu être pacifiée grâce à la création de tout un système d'organes de concertation entre le patronat et le prolétariat. Tout comme aux Pays-Bas, on a vu apparaître des CCT, de l'aide au chômage, des mutualités, des caisses de retraite. La ligne de fracture philosophique, le fossé entre catholiques et libres-penseurs a été comblé de façon pragmatique grâce au Pacte Scolaire de 1958 par lequel fut créé un réseau scolaire catholique à côté du réseau d'enseignement officiel. Quant à la ligne de fracture communautaire, de nos jours encore la plus conflictuelle des trois, on essaye de la neutraliser par une série de réformes successives de l'État qui transforment la Belgique unitaire en un État constitué de régions fortement autonomes. Il est important de noter que, dans chacun de ces cas, la pacification a duré extrêmement longtemps et qu'on a recherché un *modus vivendi* pratique plutôt qu'une suppression dialectique des antithèses [89]

En ce qui concerne la nouvelle fracture sociale entre personnes très scolarisées et personnes peu scolarisées, nous n'en sommes encore qu'au début et c'est à peine si nous sommes conscients de l'ampleur du problème. Mais ici non plus, un consensus complet ne sera pas nécessaire. Les peu scolarisés ne devront pas s'efforcer de penser le plus possible comme des très scolarisés ; l'élite culturelle n'aura pas à couper son verre de

89 Luc Huyse, *Over politiek*, Van Halewyck, Louvain, p. 382-395.

chardonnay d'une bonne rasade d'eau populiste. Une concertation pragmatique et bienveillante aura pour effet de combler ce fossé de façon constructive et d'aboutir à un compromis honorable. Si ce scénario se réalise, le populisme, cri de détresse lancé par l'électorat oublié des peu scolarisés, aura gardé tout son sens.

5

Enfin, il est possible d'envisager un populisme éclairé qui va plus loin qu'une politique de l'esbroufe, de réponses simplistes, d'insultes et d'offenses au nom de la liberté d'opinion et d'expression ; un populisme qui ne hurle pas mais qui parle ; un populisme qui n'ignore pas les besoins des personnes peu scolarisées mais qui refuse de considérer des *one-liners* comme des solutions ; un populisme qui ne méprise pas les personnes très qualifiées mais qui les invite à l'empathie avec le reste de la société ; un populisme qui prend au sérieux la nouvelle fracture sociale entre très et peu scolarisés; un populisme qui ne joue pas sur les tripes mais qui continue à considérer la partie inférieure de la société comme une partie intégrante de la démocratie ; un populisme qui ne juge pas l'idéal de citoyenneté mondiale comme incompatible avec le désir d'un *sentiment d'appartenance* ; un populisme qui trouve un cosmopolitisme déraciné tout aussi problématique que le nationalisme borné ; un populisme qui considère le phénomène migratoire non seulement du point de vue des nouveaux-venus mais aussi de celui des déjà-établis ; un populisme qui comprend que tant les autochtones que les allochtones peuvent être mal intégrés dans la société ; un populisme qui se soucie du tissu social, de l'égalité des chances et de la justice sociale ; un populisme aussi généreux que courageux, aussi indulgent que ferme.

Les plus grands hommes politiques de l'Histoire ont réussi à développer un discours et une action qui ont dépassé les lignes de fracture sociale pour en faire une nouvelle synthèse. Bien sûr, on ne peut pas attendre qu'apparaisse ici chez nous, un Mandela ou un Obama : de tels hommes sont rarissimes. Mais la mesure dans laquelle ils sont capables de tenir un langage d'intégration dans des pays bien plus divisés que ne le sont les « Plats Pays » doit continuer à nous inspirer.

Chez nous, élites et populistes n'ont pas encore atteint cette grandeur morale parce que l'élite n'est pas suffisamment consciente de sa propre position privilégiée. C'est à peine si les personnes très scolarisées sont pénétrées du caractère sérieux de la démocratie des diplômés et du fossé culturel qui les sépare des personnes peu scolarisées. Cependant, ce n'est pas une attitude durable. Une approche plus sereine de l'actuel populisme est nécessaire afin de bien distinguer les griefs légitimes qu'il exprime des propositions politiques fumeuses de certains.[90]

---

90 Ce critère est différent de celui qu'Afshin Ellian a évoqué dans la pratique (*NRC Handelsblad*, 10 mai 2008). Il a suggéré de tester la faisabilité des propositions populistes. Je suis préoccupé par la légitimité des plaintes, car l'application de la faisabilité comme référence peut également avoir un effet restrictif. Il faut aussi pouvoir rêver en politique.

1880 OU 1930 ?

Par le passé, le populisme de droite a souvent été comparé au national-socialisme des années 1930. Et, en effet, le mythe d'un peuple homogène, la rhétorique antiparlementaire, le nationalisme enflammé, la xénophobie éhontée, la figure du chef charismatique, tout cela rappelle une foule de souvenirs troubles. Ici, tout a beau paraître beaucoup moins empreint de militarisme – le mercantilisme semble davantage en vogue – mais, en soi, il s'agit d'une même doctrine de la rancune que celle dont se nourrissait le national-socialisme.

Le présent essai a établi un parallélisme avec un autre mouvement de masse hérité du passé : celui du socialisme de la seconde moitié du XIXe siècle. Bien que je pense personnellement qu'il s'agissait à l'époque, bien plus qu'aujourd'hui, d'une authentique émancipation sociale d'un groupe de défavorisés, ce parallélisme a aidé à comprendre la réaction de l'élite face à ce phénomène.

Mais qui a raison, finalement ? Devons-nous comprendre le populisme à partir de 1930 ou à partir de 1880 ? Représente-t-il un danger mortel ou apporte-t-il quelque chose ?

La réponse est que nous ne le savons pas encore. L'Histoire ne se répète pas. Mais il est bon de savoir que beaucoup ont trouvé que le socialisme naissant n'apportait rien de bon non plus. Il est certain que la bourgeoisie de l'époque le percevait plutôt comme une menace et non comme une libération. En fin de compte, le socialisme occidental a mené à davantage de justice sociale, et le national-socialisme a conduit à une guerre mondiale. Cette évolution n'avait en soi rien de prévisible, au début. Mais, en Russie, ce même socialisme à généré une dictature.

Qu'adviendra-t-il dans le cas présent ?

Nos doutes rappellent les réactions lors d'une crise boursière. La brutale chute des cours signifie-t-elle le début d'une récession économique ou s'agit-il d'une saine correction boursière ? S'agit-il d'une crise profonde de la démocratie ou d'un heureux réajustement ? La démocratie des diplômés est-elle une bulle d'air qu'il nous faut crever ?

Cela non plus, nous ne le savons pas encore. En revanche, ce que nous savons, c'est que les fluctuations boursières se règlent mieux par le sang-froid que par l'hystérie. Nous avons donc nous-mêmes des atouts en main. Nous savons aussi que la menace du socialisme du XIXe siècle s'atténua dès que la société commença à s'occuper du problème des travailleurs. De même, l'Église trouva que le sort des travailleurs était trop important pour qu'on le confie au socialisme révolutionnaire. « *Rerum Novarum* » a sonné le début de la démocratie chrétienne. Peut-être devons-nous aujourd'hui décider, nous aussi, que le sort des peu scolarisés est trop important pour être laissé entre les mains du populisme obscur. Dans une société fondée sur le savoir, telle que la nôtre, il s'agit donc de nous occuper de ces peu scolarisés, tant des allochtones que des autochtones.

Remerciements

Cet essai a vu le jour au printemps 2008, alors que j'étais écrivain en résidence au Netherlands Institute for Advanced Study à Wassenaar. Je tiens à remercier les personnes suivantes de m'avoir enrichi de leurs idées, commentaires ou références : Geert Buelens, Peter Vermeersch, Dirk Jacobs, Luc Huyse, Walter Zinzen, Paule Verbruggen, Lucette ter Borg, Paul Scheffer, Karl Van den Broeck, Stefaan Fiers, Emiel Lamberts, Cees Fasseur, Deirdre Curtin, Mark Bovens, Kees Aarts et J.J.M. van Holsteyn. La conférence des écrivains qui a eu lieu à Winternachten (janvier 2008) proposait une session avec Bas Heijne et Paul Scheffer qui fut une réelle inspiration. Au sein du Brussels Club, j'ai eu de nombreux échanges au sujet de la démocratie avec Eric Clémens et Geert van Istendael.

Table des matières

Imprimé en Belgique
Novembre 2019